ISBN 978-0-365-60488-4
PIBN 11052245

1 MONTH OF
FREE
READING

at
www.ForgottenBooks.com

By purchasing this book you are eligible for one month membership to ForgottenBooks.com, giving you unlimited access to our entire collection of over 1,000,000 titles via our web site and mobile apps.

To claim your free month visit:

www.forgottenbooks.com/free1052245

English
Français
Deutsche
Italiano
Español
Português

www.forgottenbooks.com

Mythology Photography **Fiction**
Fishing Christianity **Art** Cooking
Essays Buddhism Freemasonry
Medicine **Biology** Music **Ancient
Egypt** Evolution Carpentry Physics
Dance Geology **Mathematics** Fitness
Shakespeare **Folklore** Yoga Marketing
Confidence Immortality Biographies
Poetry **Psychology** Witchcraft
Electronics Chemistry History **Law**
Accounting **Philosophy** Anthropology
Alchemy Drama Quantum Mechanics
Atheism Sexual Health **Ancient History**
Entrepreneurship Languages Sport
Paleontology Needlework Islam
Metaphysics Investment Archaeology
Parenting Statistics Criminology
Motivational

LAS OLAS ALTAS

NOVELA ORIGINAL

DE

Don Juan A. Mateos

MEXICO

TIPOGRAFIA DE "EL MUNDO"

Tiburcio número 20

1899

CAPITULO I

La temporada

La Çiudad de los Mártires, es la hija mimada de Flora.

El aliento de la diosa, deslizandose suavemente sobre las rosas, despierta sus perfumes, desplega sus hojas y abre aquellos cálices de esencia que arrastran las auras dulces de la mañana y saturan los céfiros de la noche.

Los fresnos corpulentos, lustran sus hojas verde-obscuras, donde se entretejen los rayos del sol, reflejando una filigrana en la alfombra del campo y columpiando los nidos de los pájaros que saludan con sus cantos el crepúsculo del amanecer.

Los arbustos, llenos de juventud y de belleza, despiertan con sus retoños á la vida, y las matas de rosas pre-

sentan sus ofrendas de colores y de
perfumes al sol naciente; en tanto que
la luz abrillantada del cielo llena de
oro la atmósfera, produciendo el iris
en las espumas del agua, que se agi-
ta en los manantiales y se desliza en
serpientes de cristal entre las rosas y
salpica las gardenías con lágrimas de
perlas y de diamantes.

Las brumas lejanas, gasas tendidas
en el zafiro, como velos de desposada, forman figuras fantásticas, en una
contínua metamórfosis, en donde la
imaginación se extasía como si entrase en el mundo de las ilusiones y en el
cielo de los recuerdos.

Allá, á lo lejos, las cumbres tajadas
del Ajusco, con sus ondulaciones des-
iguales, entibiando desde su altura los
vientos abrasadores del verano, como
la deidad protectora del fresco y de la
sombra.

Aquí, junto á la ciudad, el bosque
de Chapultepec, con sus rumores cons-
tantes como los respiros del océano,
que se desprenden de sus viejos sabinos con el habla de la noche.

La montaña imperial de los reyes aztecas sustentando el palacio, como uno de esos castillos de la Edad Media, que una vez abandonados, daban paso á los trasgos y fantasmas de las leyendas.

Los lagos azules de las albercas, donde se quiebran los rayos de la luz eléctrica, reproduciendo los focos como los luceros del cielo, en tanto que un follaje profuso se arroja sobre las sendas con un ímpetu salvaje, entre el silencio, á aveces interrumpido por el rugido de las fieras.

Tacubaya es la ninfa del verano, en torno suyo se agrupa la juventud y la hermosura, el amor y las ilusiones, esos celajes del corazón que se tornan á veces en tempestades, que hacen una noche en el cielo espléndido de las esperanzas y de los sueños. Las familias parecen bandadas de golondrinas que emigran en busca de la primavera.

Vuelve la animación á las casas abandonadas, se enciende la lumbre del hogar, palpita la vida y se deshace

en risa y en cantos, como el piar de
las aves al sentir los primeros soplos
del verano.

Cruzan por el bosque y los sende-
ros, por las calles y los alrededores,
grupos de jóvenes con el cabello al
viento, llevando en su fresco semblante los colores de la rosa ó la palidez
dulcísima de la gardenia.

Sus trajes de muselina y encajes y
el *rebozo* de seda de colores, como una
ostentación de las costumbres antiguas mexicanas, tan llenas de gracia
y de poesía.

La mexicana acaso sea inferior en
belleza á las razas europeas, pero su
gracia, su simpatía, lo intenso de su
mirada, lo amoroso de su sonrisa, lo
dulce de su voz, su atmósfera de atracción irresistible, la torna en un sér
adorable, capaz de arrancarle al corazón sus más hondos suspiros y á la
imaginación sus más grandes inspiraciones. Tiene algo de melancólico, como el lucero de la tarde, que la hace
amar hasta el delirio.

Su amor es la poesía del alma, la

luz del sentimiento, el eco de todo lo noble y generoso.

Es una noche estrellada en que todo resplandece en medio de la melancolía apasionada del silencio y de la sombra!

I

En uno de los palacios de Tacubaya, tenía lugar el primer baile de la temporada.

El señor de Santelices, rico banquero, era el anfitrión.

La cabeza de aquel hombre era un libro de caja; para él todas las acciones de la vida las reducía á *negocio*.

En el *haber* estaban sus bienes, en el *debe*, su esposa y sus hijos.

Su mesa de comedor era un bufete, sobre ella se hacía siempre un pacto, y se celebraba un contrato.

La avaricia era su pasión dominante, bajo las formas estrictas de la educación.

La señora Cristina de Santelices, su esposa, era una mujer arrogante y hermosa, frisaba en los cuarenta, edad de la plenitud de la mujer. Su cabello era negro como la noche, sus ojos de color del cabello, su tez llena de frescura, su dentadura brillante, su talle algo desfigurado por la gordura, pero sin perder sus líneas ni contornos.

Llevaba en sus frescos y blancos brazos unos brazaletes de perlas y brillantes, al cuello una sarta de solitarios como luceros del trópico, estaba resplandeciente.

El señor de Santelices y su esposa, estaban en el primer peldaño de la escalera, recibiendo á sus invitados con toda galantería.

El banquero era alto, delgado, pálido, de ojos pequeños, barba negra y cabello escaso, vestía correcta y elegantemente.

Elisa, hija del banquero, era una joven de veinte años, llevaba un traje lila con encajes de Bruselas, y por único adorno una camelia blanca en la cabeza.

Era morena, ojos centelleantes, impetuosa, labios gruesos y encarnados como una amapola, y su cintura parecía caber en una de sus pulseras.

Reía con sus amigas, y bailaba como una sílfide.

Una turba de jóvenes la seguía llevada por su hermosura y al husmo de sus millones.

Todo los hijos de nuestra aristocracia, por lo regular, están animados sólo con la dulce esperanza de que mueran sus padres para heredarlos.

La herencia amengua el dolor en proporción de su monto.

Alberto, hijo de Santelices, era un guapo mozo de veinticinco años, pálido, de bigote negro, y semblante osado. Su estatura era grande y denotaba una gran fuerza.

Elegante y apuesto, se hacía sentir en aquella sociedad.

—Señorita—decía un joven almibarado, dirigiéndose á Elisa—está usted encantadora.

—Gracias, Enrique.

—Entre todas las jóvenes que lle-

nan el salón, usted cautiva las miradas de cuantos la contemplan.

—Viene usted esta noche insoportable,

—¿Insoportable? rectifique usted,
señorita, estoy en lo justo.

—Lo ví bailar á usted una mazurca
con la hija del cónsul.

—Es un efecto extranjero—contestó Enrique—cuya factura necesita co-
rrecciones.

—Es muy hermosa—contestó Elisa
—siempre que no se conozca á su
papá.

—Estoy horrorizado, el cónsul es
una calamidad. Y lo que siento—dijo
Elisa—es que me ha pedido un wals.

—¡Esto es horrible, un cónsul val-
sando!

—Es que usted tenía esa preten-
sión.

—Sí, pero yo sería un gran cónsul.

Acercóse un joven coronel que llevaba solamente una condecoración al
ojal de la casaca. Rubio y de gran
bigote, con todo el aire de un mili-
tar.

-Señorita — dijo el coronel — se
ncia el schotis, si tiene usted la
dad....

-Con mucho gusto, caballero; — y
ndo á su interlocutor, se perdió
e las múltiples parejas del sa-

l salón estaba deslumbrador.

as lunas venecianas cubrían los
zos de las paredes, con marcos de
s exquisitas tejidas en guirnal·

a lámpara del centro estaba cua·
de flores, que caían sobre las
mas de la luz incandescente.

a profusión de luces llevaba el día
quella mansión de hadas.

l ámbar de las rosas, mezclado al
fume de las damas, hacía una at·
fera voluptuosa, que parecía lle·
al corazón las vibraciones de la
ica entre una nube de esencia.

quel era un momento del paraíso.

as mujeres parecían más bellas,
trajes más vaporosos, los diaman·
más relucientes que las constela·

Qué bella es la existencia bajo ese prisma, en que se olvidan los pesares y los párpados se adormecen al sopor del placer y de la ilusión.

Allí no se refleja ni la sombra del dolor, el alma está cloroformada en medio del azul purísimo de un cielo sin sombras, nubes, ni relámpagos.

El amor brota como una flor, bajo aquel invernadero calentado por el aliento de la belleza y el fuego del entusiasmo.

El amor es la primera vibración del espíritu en sus armonías con la naturaleza.

Las flores se reclinan unas sobre otras para besarse, abren su cáliz, y su perfume es sentimiento y pasión.

Así se abre el cáliz del alma á las afecciones, así aparece la ilusión dorando los horizontes de la vida.

Así pasan las horas como las pulseciones de la felicidad y de la dicha, así atraviesan los sueños en el tropel de los pensamientos que subyugan la cerebro.

Soñar, es un paréntesis del dolor, es el goce de los infortunados.

Soñar despierto, es el supremo de los goces.

II

Continuaba el baile con el mayor entusiasmo, se cruzaban miradas y sonrisas, se sucedían declaraciones amorosas, celos, pasión, esperanzas, todo se confundía en aquel torbellino de dicha y de ilusión.

Los viejos gozaban viendo las reminiscencias de su pasado

Sólo las ancianas sentían algo de cólera con la felicidad presente, de *actores* se había convertido en *espectadores*, por no decir en caricaturas; porque la mujer cuando desciende en la planicie de la vida, no quiere creer en sus ruinas; se amontona adornos, se llena de afeites, luce la porcelana de su dentadura automática, sin notar que el cutis de su cuello se cuelga en bambalinas, que su espalda se encorva y sus miradas se opacan.

Entonces esprimen la hiel de su sátira contra la juventud, y ejercen el derecho de la tiranía con cuanto las rodea.

Solas, sentadas, como unas momias en abandono, sin encontrar una alma compasiva que les diga "levántate y anda," pasan la noche en la mordacidad, sin que nadie elogie de ellas más que sus brillantes y sin que falte algún burlón que murmure "¡pobre señora, se estará acordando de los tiempos del virreinato!"

No hay cosa más olvidada que una vieja en un baile, hasta su esposo procura estar lejos, por temor de un antojo de su señora.

Es cierto que se desquitan en el *bufet* y esto las indemniza.

Serían las tres de la mañana cuando Alfredo dijo á sus amigos:—El *pokar* nos espera, dejemos á estos inocentes danzar hasta que se cansen, sobre todo, á ese coronel que se ha enamorado de Elisa y la va divirtiendo con sus tonterías; lo que es esta plaza es muy difícil de tomar, mi hermana tiene un corazón prusiano, que siempre está listo para la defensa.

—Andando—dijo un joven aristócrata, en cuyo semblante demacrado se veían las huellas del vicio y del desorden.

—¡Hola, Carlos!—dijo Alberto—me prometo dejarte sin fondos esta noche.

—Es difícil, traigo una suerte insolente.

—Probemos.

—A tus órdenes.

Y los calaveras se dirigieron á la mesa del juego.

Entre tanto, la esposa del banquero retirada con otras ancianas de la aristocracia, hacían la corte á un jesuita pálido, de ojos azules, de manos gordas, que se acariciaba sin cesar.

—¿Qué le parece á usted, padre, de esta concurrencia?—decía Cristina.

—Bien, muy bien—contestaba el jesuita—las jóvenes son muy bellas, yo las miro como una obra de arte y nada más.

—¿Y á los hombres?—preguntó una señora impertinente.

El jesuita se sonrió, apresurándose á contestar:

—Son buenos mozos, sobre todo, esos de casacas rojas y azules, que lucen sus pantorrillas como en tiempo del Directorio.

—Desde luego—observó otra anciana—se conoce á la gente decente, yo detesto á la clase media, á quien tenemos que tolerar, nosotras somos las *olas altas.*

—Consecuencias de la revolución—contestó el jesuita.

—A mí me parecen todos herejes, sobre todo los diputados, tan habladores, tan blasfemos.

—Sí, nos hacen mucha guerra—contestó el jesuita;—pero ya hemos variado de rumbo, nos hemos apoderado de la mujer, ella llevará nuestras ideas á la familia y el triunfo es indudable.

—Como que las escuelas católicas

están llenas de niñas de lo más distinguido—dijo Cristina—en cuanto á mí, he procurado inculcar esas ideas á mis hijos, sobre todo á Elisa, que es un dechado de virtud.

—¡La religión! ¡la religión!—exclamó el jesuita—lástima que no tengamos todos los elementos para propagar la educación.

—Yo sostendré una escuela — dijo una vieja aristócrata.

—¡Y yo otra!

¡Y yo otra! — repitieron las de la reunión.

—Padre—dijo Cristina—yo ayudaré á usted en su obra de propaganda.

—Ya lo esperaba yo de vuestra piedad—dijo el jesuita—mañana presentaré á ustedes todo mi plan. Y se arrellenó en el sillón, porque á los jesuitas les gusta, como á los tiradores de esgrima, irse á fondo.

—Mañana sabrá usted todos los secretos del baile, en el confesonario—dijo Cristina.

—Siempre que los digan—observó el jesuita:

—Ya lo creo que sí — repuso una vieja— ¿quién sería capaz de callar un pecado?

—Ninguno, ninguno — contestaron todas.

—Cómo baila—dijo Cristina—la esposa del señor X., no descansa, y seguramente le ha caído bien su pareja, porque no suelta á ese agregado de la Legación.

—Eso dicen—dijo otra—que es un *agregado.*

—Y la otra señorita que ya lleva veinte novios en el coleto y se descuelga con otro nuevo en el cotillón.

—Niña, en la variación está el gusto.

—Esta es la humanidad—replicó el jesuita—el corazón es susceptible de todos los cambios; nosotros. que vivimos para el Señor......,

—Padre, dijo una vieja, aquí tiene usted estos bizcochitos y esta copita de Oporto.

—Preferiría el cognac por lo suave, dijo el jesuita, y refrescó sus fauces con el coghac.

—¿Y qué dice usted de esa condesa vieja, que todavía lleva sus brillantes montados en plata?

—Que tiene más montado á su esposo en las narices, contestó otra tertuliana, no lo puede ver, le simpatiza más el mayordomo de sus haciendas.

—Y la otra que quiere ser aristócrata porque su marido se adjudicó una testamentaría valiosa?

—Será la condesa de los difuntos, contestó Cristina: por eso trae la piel tan obscura.

El jesuita soltó una carcajada, le gustaba la crónica escandalosa.

Alentados los tertulianos, pasaron revista á toda la concurrencia, sin dejar concepto á vida, y sacando á relucir historias y cuentos en los que no escaseaban sus frases picantes, que eran saludadas con explosiones de risa.

El jesuita no hablaba, pero estaba gozando con aquella conversación.

Entró una damita de honor de Cristina, le dijo algunas palabras al oído, y salió precipitadamente del salón.

Cristina se puso intensamente páli
da y á su vez habló al oído del jesui
ta, que abrió desmesuradamente la
boca y se dió de palmaditas en el es-
tómago,

III

El salón del juego estaba brillante

Doce mesas pequeñas con su tapete
verde, sus bandejitas de plata y sus,
fichas nácar.

Los tapices del salón eran oro viejo con flores pálidas, una lámpara de
bronce con luz incandescente y otras
fijas en las paredes cerca de las mesas, daban un aspecto elegantísimo
al salón.

Allí se agrupaba un gran número
de personas que salían sobrando en el
baile: capitalistas, banqueros, minis-
tros, comerciantes, diputados, todo lo
que forma la clase alta de la clase media.

Se jugaban grandes cantidades, las mesas estaban cubiertas de billetes, y el crédito se hacía en grande escala.

Era una diversión de ruina llevada bajo la capa hipócrita de un pasatiempo.

El señor de Santelices entró sonriendo al salón y estrechando la mano de sus amigos.

Luego que eligió con su mirada perspicaz á una persona, se dirijió á la mesa donde jugaba un viejo banquero, con el ministro de la Argentina.

El hombre había perdido la moral, las figuras se le borraban, trastornaba los colores y hacía mal, muy mal sus cálculos.

—Esta es mi hora, dijo el banquero·

—Señor ministro—dijo Santelices— juega usted con mucha fortuna.

—Sí, señor de Santelices, y deseara que alguien me substituyera, por ver si varía la suerte del señor Burgos.

—Me tiene usted á su disposición.

—Tome usted mi asiento.—El ministro no quería arriesgar sus ganancias.

Santelices se puso junto al banquero, que sudaba á mares.

—¡Hola! señor de Santelices, ya somos rivales, viene usted á darme la
revancha.

—Sí, caballero, voy á ser la víctima
espiatoria.

—Pues jugando, si usted me lo permite.

Santelices aparentó distraerse y perdió en las primeras jugadas, lo que
alentó al viejo banquero, queriendo
reparar sus pérdidas.

Desplegó su juego Santelices, y siguió un derrumbe tal como lo tenía
pensado.

— Se precipita usted demasiado,
amigo mío, me está usted poniendo en
situaciones difíciles.

—No importa—replicó Burgos—así
es como se juega.

—Ha perdido usted fuerte.

—Tiene usted fondos en su poder.

—Es verdad—dijo Santelices—y si
usted prefiriera que apostásemos las
acciones de Tehuantepec, nos sería
más cómodo.

—Acepto.—Y siguió el juego con el mayòr entusiasmo, cruzándose apuestas fuera del tapete.

—Señor Burgos, ya van cien acciones perdidas.

—No importa, quedan doscientas por jugar, y van apostadas á este lance.

—Aceptadas—dijo con calma Santelices.

Hubo un momento de espectación, luego un rumor en toda aquella concurrencia.

El señor Burgos había perdido.

—Otro á la mesa, dijo Santelices, no me gusta ganar á mis amigos, y se levantó con más de trescientos mil pesos de ganancia.

—Aquí estamos para el turno, gritaron otras voces, y siguió el juego, creyendo arruinar en esa partida al banquero, que parecía desauciado de la fortuna.

La suerte es caprichosa, dió un giro violento y Burgos comenzó á ganar despiadadamente, arruinando á sus competidores.

A las dos horas estaba rezarcido de sus pérdidas, jugaba entre gente de crédito.

Alberto también estaba de fortuna, todos los incautos habían perdido, guardaba en su cartera· por valor de sesenta mil pesos.

IV

El señor de Santelices llamó á su hijo y habló con él un rato en secreto.

—Mucha prudencia, dijo el banquero, nada de escándalo, redundaría en mengua de nuestro honor.

Alberto volvió al salón que estaba desierto, la concurrencia estaba en el comedor.

No había sillas, todos estaban de pie, formando grupos.

Los hombres servían el té á las damas, y los lacayos, vestidos lujosamente, recorrían el salón con helados, frutas y champagne.

Aquel conjunto era magnífico, ca da uno había elegido el círculo que le parecía más á propósito.

Todos conversaban en voz alta, todos reían, todo era expansión y placer.

El coronel había tomado por entero á una respetable señora amiga de Elisa y le hacía sus confidencias amorosas para que le ayudase.

Sabía que á cierta edad, cuando las mujeres no quieren despedirse de la vida, les queda como epílogo terciar en los amores de sus amigas, para no dejar su situación interesante.

La imaginación de la mujer es novelesca siempre, y su cerebro necesita actividad.

Cuando el mundo les pone un valladar, se retiran á la iglesia, allí es otro mundo, luego que lo conocen y le toman confianza, entra la diversión y el entretenimiento, la murmuración, los chismes, la indagación sobre las vidas privadas, y á veces todo esto se desenlaza en un drama.

La crónica de sacristía, es por de

más interesante y divertida, como la de los criados en el mercado; allí se está al tanto de todos los secretos más íntimos de familia.

Un sacristán es un *repórter*, sabe todas las noticias, las anécdotas, los celos, las reyertas conyugales, la infidelidad; todo lo que forma la crónica íntima.

Desde la mesa de expendio de reliquias, todo lo observan, de todo se aperciben, sorprenden una mirada, una seña de inteligencia, y saben cuáles son las hijas predilectas de confesión.

Las tertulias de sacristía, son más divertidas que una mesa de redacción.

Allí también hay mucha tijera.

Si es parroquia, el interés sube de punto, se está al tanto de los casamientos, se saben las historias de la novia, cuántos novios tuvo, cuántas aventuras, cuántos raptos.

Se cuenta también la historia de la suegra, que á veces tiene lances muy divertidos, los descarrilamientos del

suegro, sus trampas, sus deudas, sus
escondites y sus trapicheos.

Se cuenta si el novio es rico, si vive de la estafa, si ha pedido fiado el
vestido de boda, si le han pagado porque se case ó lo verifica gratis.

Si hay entierro, entonces todo el
concepto del muerto sale á relucir; si
dejó huerfanitos regados, si fué á llorar al templo una desconocida enlu-
tada, si alguien se alegra de su
muerte.

En fin, la charla de la sacristía, es
un manantial de datos, una veta para
un novelista.

Algunas señoras mayúsculas hallan
un gusto especial en esta crónica ecle-
siástica, y siempre tienen uno ó más
amigos predilectos en la tonsura, y se
sienten satisfechas de tener un cléri-
go á la mesa y más si es predicador.

El marido le besa la mano, porque
á veces lo saca de sus aprietos, en
esas tormentas de familia, cuando se
descubre algún gatuperio y se levanta una tremolina.

La casa de los pobres nunca es fre-

cuentada por sacerdotes, allí no hay
limosnas, ni legados, ni fundaciones;
la virtud es muy humilde.

Decíamos que el coronel estrechaba
sus amistades con una amiga de Elisa, la señora de Trujillo, quien le
ofrecía ser su intermediaria, pero Elisa se había perdido en aquel mundo
revuelto de damas y caballeros.

V

Entró Alberto al salón y buscó con
la mirada airada al coronel.

—Allí está, murmuró, no puede disimular, se ha turbado al verme.

—Caballero, le dijo en voz baja, sí-
game usted.

El coronel halló aquello algo extraño, pero obedeció.

Ya en el corredor se detuvieron.

—Caballero, le dijo Alberto con voz
trémula, mi hermana Elisa ha desaparecido de la casa, nos ha puesto en

una situación muy difícil, que yo tengo que resolver á estocadas.

—Cuente usted conmigo, caballero, yo estaré con usted hasta el último momento, respondió inocentemente el ccronel.

—Me espanta la audacia de usted, dijo Alberto.

—No comprendo á usted, caballero.

—Pocas explicaciones nos bastan, usted está enamorado de mi hermana y esta noche han concertado el rapto que nos deshonra.

—Juro á usted por mi palabra de caballero y de soldado que no tengo parte alguna en este suceso.

—Ya esperaba esa negativa, dijo Alberto; pero hay alguien que ha escuchado palabras sospechosas que denuncian este atentado.

El coronel movió la cabeza con impaciencia.

—Creo, continuó Alberto, que un hombre de honor ó sin él, sostiene lo que hace.

—Y yo lo sostendría, dijo ya alterado el coronel. Si fuera el responsable. No acostumbro rehuir las responsabilidades que se contraen en negocios de este género.

—Es que cuando se sabe que se arriesga la vida....

—La he jugado más de cien veces por lo menos, señor de Santelices.

Una más si usted gusta, señor coronel.

—Sea como usted quiera, pero conste que no soy el raptor de Elisa.

Todo eso sale sobrando, señor coronel, le enviaré á usted mis padrinos desde luego, y nos batiremos al amanecer.

—Al amanecer, señor de Santelices, un soldado no sabe excusar un lance por más injusta que sea la provocación; pero creo que debía usted esperar á mañana.

—Ni un minuto más, á no ser que usted quiera disponer su conciencia.

—Mi conciencia está en la hoja de mi espada y solo por esta duda me batiría cien veces.

—Estos dos señores, dijo Alberto, llamando á Carlos y á otro amigo que le acompañaba, serán mis testigos; dero antes exijo del honor de usted, guarde el secreto de este duelo.

El coronel puso la mano sobre su pecho y separándose de Alberto, se dirijió á dos oficiales y los puso en comunicación con sus testigos, diciéndoles: al amanecer.

Alberto tomó su sobretodo, salió de la casa y se internó en las calles de Tacubaya.

VI

Cristina, su esposo y el jesuita, estaban en la sala de despacho del banquero.

El baile había terminado, eran las tres de la mañana.

Cristina estaba demudada y se mordía los labios de rabia, sus lágrimas asomaban por intervalos y se secaban al fuego de sus pupilas.

El señor de Santelices estaba afec-

tado como por un cálculo, nada de sentimiento.

El jesuita parecía pensativo.

—¡Esto es espantoso!—gritó Cristina—¿quién habrá sido el seductor infame de mi hija?

—Ya veremos, ya veremos, contestó maquinalmente el banquero.

—Ahora, continuó Cristina, habrá
que casarla con un cualquiera, que para especular con nuestra fortuna, ha
inventado este diabólico plan.

—¡Eso nunca! gritó el banquero, nos
tragaremos nuestra deshonra, nos mar-
charemos al extranjero y es negocio
concluído, soy inmensamente rico.

En estos momentos acaparé cuanta
plata me ofrecen, porque ha de cesar
la baja y triplicaré mi capital; pero no
mancharé mi nombre con llamar hijo
á un pobre diablo y menos á ese coronel, á ese soldadón brutal, que me
parece ser el autor de esta burla.

—Yo lo he visto hablar mucho con
Elisa, dijo el jesuita; pero no sé por
qué me parece que no anda por ahí
ese negocio.

—¿Sospecha usted de alguien? preguntó Cristina con precipitación.

—No acierto, respondió el jesuita, pero hay veces que se pierde la pista y viene lo inesperado, y este lance me parece que reviste ese carácter.

—De todos modos, dijo el banquero, hay que esperar con calma.

—Yo no la puedo tener, exclamó Cristina, esta muchacha ha sido engañada, aquí hay una trama horrible. Yo he visto á muchos pretendientes, pero no he conocido hasta ahora ninguna inclinación y menos que motivara semejante locura·

—O es un miserable, observó Santelices, ó es un bribón.

—Opino como mi respetable amigo.

—Y todo esto se va á saber! exclamó llorando Cristina.

—Eso no importa, hija mía, dijo el banquero, las grandes aventuras están reservadas para los que brillamos; recorre todas las historias y te convencerás; esto no es nada, tonterías de una joven inesperta, ya se corregirá, nada hay mejor que la experiencia.

La clase media es la que arma estas alharacas y grita mucho de honor, porque es lo único que tiene; pero nosotros, hija mía, que tenemos un gran caudal, no nos preocupamos de tonterías.

¿Crées tú que un hombre, sea quien fuere, desdeñaría un millón por esta friolera? Si fuera posible poner avisos, lloverían pretendientes; las manchas las borra el oro, que hace olvidar hasta los crímenes. En último caso, ¿no se casan las viudas y con hijos? ¿pues qué diferencia hay? y tienen á mucho honor el ser maridos de segundas nupcias. No hagamos un gigante de un pigmeo. El mundo es muy práctico, oro, y nada más que oro, nada de ese sentimentalismo que sólo se queda para los melodramas. Lo que hay en realidad, es que Elisa no se ha de casar con una persona que no sea de nuestra clase, tengo lo bastante para comprar un marido.

—Este debe de ser de la Compañía, pensaba el jesuita.

Entró la camarera de Cristina.

—Me permiten ustedes, señores, hacerles una revelación.

—¡Habla! gritó Cristina.

—Mi conciencia me dice que yo debo revelar todo.

—No me impacientes, ¡habla!

—Pues hace tiempo que la señorita Elisa mantiene inteligencias....

—Si acabarás, demonio de mujer! gritó Cristina.

—Pues decía que la señorita Elisa, tiene relaciones con.... con el camarista del señor.

Cristina se cubrió el rostro con las manos, el jesuita se mordió los labios.

El señor de Santelices hizo seña á la sirvienta para que saliera.

Luego que estuvieron solos, se acercó á su mujer, y tomándole la mano, le dijo:

—¡Cristina, estamos salvados!.... ¡mi camarista!

—Pero esto no puede ser, exclamó la mujer de Santelices.

—He pasado revista á todos los concurrentes al baile, y todos los que he

visto dirigirse á mi hija, ninguno me
ha parecido bien, ¿qué hubiéramos hecho si en vez del camarista hubiera
sido un poeta? uno de esos versistas
abominables, que en todo caso no sirven sino para divertirnos con su li-
rismo, esos pordioseros de levita que
no son útiles para nada, llorones y
gemebundos, como las viudas pensio-
nistas á caza de un empleo ó una comida como la de esta noche. ¡Vaya si
tienen apetito esos limpia platos! ¿Qué
hubiera sido de mi hija con un abogado?

Con esa gentuza que se roza con
la canalla en los tribunales del crimen, que pilla después de muchos meses de trabajo unos cuantos pesos, que
no sirven sino para desgañitarse en
los jurados, y que no hablan más que
del Código? Esas gentes me dan horror, no son más que alguaciles ó ver-
dugos. Si el raptor hubiera sido un
médico, peor que peor, el hospital, el
tifo, la tuberculosis, el lázaro, me da
asco hasta darles la mano, me huelen
á anfiteatro, á ácido fénico. Si inge-

niero, no pasan de albañiles de frac,
siempre en los escombros, siempre su-
dando como la gente ordinaria, ¡puf!
Si artista, unos pintamonas que sólo
los ocupan en las tabernas, mucha gloria y nada de pesetas!...... mientras
que el camarista no se puede casar
con Elisa, primero, porque creo que
es casado, y segundo, porque yo lo
arrojaré á bastonazos. No tengas cuidado, no emparentamos con ningún
mendigo, dentro de breves días estará
de vuelta, ya habrá satisfecho la curiosidad y se convencerá que no hay
como la grandeza. Al mes ni quien se
acuerde!...... no es tan tonta la muchacha como lo suponíamos. Volverá
y el Señor la traerá á la casa, nos haremos los inflexibles, después nos en-
terneceremos y negocio concluido. Lo
que siento es que Alberto debe haber-
le dado un bromazo al coronel, ¡pobre
diablo!

—El señor Santelices tiene razón,
dijo el jesuita, está sobre la lógica de
los hechos.

—No hay remedio, dijo Cristina.

ahora lo que importa es que vuelva lo más pronto posible.

—El camarista......, el camarista, murmuraba el banquero, buen susto había llevado, creía que era otro!

VII

Oyóse ruido de pasos en la antesala, y voces.

—Señor, dijo la camarera, una persona decente ha traído á la señorita Elisa, la encontró con Roberto en el Bosque, le ha dado una paliza al pobre, que lo ha dejado medio muerto, y aquí está la señorita.

El jesuíta se adelantó, habló un rato con la prófuga, y trayéndola de la mano, dijo:

—Arrodíllese usted delante de sus padres y pídales perdón.

—¿Perdón de qué? dijo Elisa, de haber ido á dar un paseo por el bosque?

—Sí, hija mía, dijo el banquero, precisamente y en compañía del ayuda de cámara.

—Si hubiera paseado con un caballero, estaría deshonrada; pero con un lacayo es otra cosa.

—Tienes razón, hija mía; pero la hora es impropia.

—Papá, contestó Elisa tranquilamente, la hora más á propósito, es aquella en que se tiene desco de hacer las cosas.

—Bien, hija mía, bien....

—Así es, dijo Elisa con desenfado, que toda esta escena cómica tan bien preparada es enteramente inútil. Y les advierto que Robertito ha de seguir aquí en la casa, y en esto soy inflexible.

El banquero se echó á reir como un desesperado.

El jesuita saludó ceremoniosamente, y salió murmurando entre dientes: *la ley de la herencia!*

CAPITULO II

Duelos y amoríos

I

Acaban de dar las tres en el reloj de la Parroquia.

El silencio de la noche es interrumpido por los cantos de algún calavera, de los que habían asistido al baile.

La luna, engastada en un cielo obscuro, cuajada de estrellas, cruzaba lentamente rompiendo con sus rayos los celajes, ligeros como las brumas del océano.

Los árboles deslizaban sobre sus hojas las últimas gotas de la lluvia de la tarde.

No se oía ni un rumor, parecía que el viento estaba dormido entre sus ramas.

Las luciérnegas, como chispas eléctricas, aparecían y se ocultaban entre las matas.

Un perfume suave se esparcía en toda la atmósfera y comenzaba á sentirse el viento del amanecer.

En una de las angostas calles de la ciudad y arrimada á la reja de una ventana, cubierta con la sombra de un fresno, estaba una mujer que parecía una de esas poéticas apariciones de los tiempos romancescos.

Una bata de muselina cubría su cuerpo y ceñía á su cintura que parecía de niña.

Su cabello, como un manto de oro, caía sobre su espalda.

Su frente era blanca como una azucena, su seno levantado como el de las palomas, y sus brazos marmóreos se escondían bajo los encajes.

Sus ojos azules sombreados por unas largas pestañas, su nariz un tanto levantada, dando á su rostro un aire de inteligencia y de viveza extrema.

Sus labios rojos dejaban ver una dentadura blanca como el granizo, su garganta torneada se levantaba sobre las blondas, como un cuello de cisne entre las espumas.

Tenía asida la reja con sus pequeñas manos y estaba atenta al menor ruido.

Dejáronse oír pasos á lo lejos.

—¡El es! murmuró la joven.

A poco espacio, se acercó un hombre sin descubrir el emboce.

—¡Alberto! exclamó la joven.

—Rebeca, creí que no me esperabas, es tan tarde.

—No importa, sabía que vendrías á cualquiera hora, que el baile se prolongaría; pero no tanto que no pudieras venir á besar mi mano.

Alberto besó con ternura la mano que la joven le presentaba con tanto cariño.

— ¡Pobre Rebeca mía, tan buena!

—Tú tienes algo, dijo la joven, lo conozco, el timbre de tu voz no es el mismo, tú sufres.

—No, estoy fatigado con la fiesta, estaba tan impaciente por verte.

—Gracias, Alberto. Oyeme, tú has jugado, ya sabes que no me gusta.

—Sí, Rebeca, y he ganado, te traigo una suma inmensa.

Alberto le tendió la cartera, que la joven tomó con rapidez.

—Alberto, dijo Rebeca, tú no quieres oírme, el juego arruina, llegará un día en que los compromisos te orillen á la desgracia. Tienes una gran fortuna, que pondrás en una carta, y te verás pobre y desgraciado y teniendo que cuidar un nombre que deshonras.

—¡Es verdad, es verdad!

—Yo, que te amo como nadie amó en el mundo, y que no me dejo seducir por tu riqueza, porque sé que llegarás á la miseria, te he suplicado, he llorado y tú no has hecho aprecio de la mujer que no vive sino para tí.

—Perdóname, yo te ofrezco la enmienda. Hay veces que siento el vértigo del vicio y no puedo contenerme en mi aturdimiento.

—Alberto, piensa en mí y verás cómo te libras de esa locura.

—¡No, no puedo; soy un miserable!

—No, tu corazón es bueno, yo que lo siento junto al mío, sé que eres virtuoso; pero que te extravía un deseo que ni es siquiera el de la ambición, porque eres rico. Yo guardo este dinero, porque ha de ser tu redención, cuando hayas perdido cuanto posees y cuanto heredes, vendrás á mí y este dinero te hará honrado.

—Arrójame de tu lado, exclamó Alberto, yo no merezco un amor como el tuyo, mírame, mírame arrodillado á tus pies, ¡perdóname!

—Levántate, ¿qué haces así? ¡Yo te amo con todo mi corazón, con toda mi alma!

Alberto tomó por la cintura á la joven, como quien estrecha á una criatura y la besó en la frente.

—Ya estoy contenta, dijo Rebeca, estas lágrimas son de ternura y amor, sé que me obedecerás, ¿no es verdad?

—Sí, sí, exclamaba Alberto, ¡por tí el sacrificio, mi sangre, mi existencia!

En aquel instante pensó que dentro

de una hora debía batirse y azotó su frente sobre la reja.

—Alberto, tú me ocultas algo, habla, deposita en mí tus secretos, nadie como yo puede comprenderlos, yo que he aceptado hasta la humillación y el rebajamiento por tu cariño.

—No, tú eres un ángel que no debe saber nada de esta atmósfera envenenada que me rodea; tú eres la pureza, la virtud, y se enlodarian tus alas si supieras lo que me pasa.

—Habla, por Dios, que mi alma está á tu lado, es tu compañera en los sufrimientos.

—Pues bien, mi hermana, esa mujer que te mira con tanto desdén y altanería, que considera como una humillación mi amor hacia tí, que se cree

noche con un hombre.

—¡Jesús! exclamó la joven.

—Sí, esta noche misma, sin importarle la sociedad, ha dejado caer un borrón sobre la familia.

—¿Y qué harán tus pobres padres?

¡ellos tan honrados, tan virtuosos, van á morir de pesadumbre!

—¡Tengo vergüenza delante de tí, Rebeca!

—Y ¿por qué? Acaso no es esta la sociedad en que vives? Allí la verdad está proscripta, y allí nada vale el honor de la mujer, se la desconceptúa públicamente en una mesa de juego, la honra ha quedado solamente como sarcasmo para nosotros que no pisamos alfombras, que vivimos con el escaso trabajo de nuestro viejo padre, y que no tenemos aspiraciones. Mira esta humilde casa, sin más adornos que las flores que crecen en mi huerto y guardo para tí. La luz del cielo penetra por nuestras ventanas, nuestra lámpara es la luna; aquí, en vez de los gritos de la orgía, están nuestras oraciones frente á la imagen de la Virgen, que oye nuestras súplicas y enjuga nuestras lágrimas. Pobres, sí; muy pobres, pero tranquilos, nuestra alma es la tarde de un día sereno. Nuestro amor, el amor de los ángeles.

—¡Sí, sí, aquí está la felicidad!

—¿Y qué vas á hacer, Alberto? temo que tu hermana traiga consigo otra desgracia, acaso más grande.

—Es necesario que lo sepas todo.

Rebeca se puso á temblar llena de pavor.

—Sí, todo, dijo Alberto.

—¡Habla, por Dios!

Dentro de media hora me habré batido con el seductor de mi hermana.

—¿Tú? ¿tú? Desgraciado, ¿y qué vas á buscar á ese duelo? ¿será la honra de tu hermana? esa ya no existe. Alberto, la sangre no lava la deshonra, es un crimen sobre otro. Además, tú no debes comprometer tu existencia, por los extravíos de Elisa, no, y no lo consentiré.

—¿Y qué vas á hacer?

La joven guardó silencio.

—Yo tengo que cumplir como caballero: si dejase sin castigo ese ultraje, la sociedad se volvería contra mí, y yo, yo sería el deshonrado.

—¿Pero qué clase de sociedad es

esa, gritó la joven, que exige esos injustos sacrificios? ¡ahí está la ley!

—La ley, dijo Alberto, es para los miserables, que llevan las quejas de su deshonra á un jurado, no para los caballeros.

—¡Siempre la aristocracia, siempre el orgullo!..... La ley vale más que nosotros, más que esos espadachines. que después que ultrajan á un hombre, lo matan en un duelo. ¡Eso sí es de canallas, eso sí es de miserables! ¿Crees acaso que porque te batas, se restaurará el honor perdido de tu hermana? Además, ya estamos acostumbrados á oír todos los días las mismas historias y no pasa nada, la sociedad recibe á esas mujeres á condición de que lleven muchos brillantes y vayan en un gran tren. Cuando se oyen los cascos de esos grandes caballos, todos vuelven la vista y se descubren la cabeza delante de una mujer que acaba de dar un escándalo. El desprecio está reservado para nosotras, para las pobres. donde el verdadero honor tiene su asiento, no para ustedes que ya están acostumbrados á esos espectáculos repugnantes que nosotros vemos con espanto!

—¡Es verdad, pero yo no soy así!

—Se reirán de tí, dirán que eres un mentecato, y si te matan, seguirán tu cadáver la burla de tu hermana, de su seductor y de toda esa sociedad indiferente que vive en la corrupción de las costumbres. Allí se verá este accidente como una cosa cualquiera y sin importancia, lo que entre nosotros costaría torrentes de lágrimas. Ponte á tu altura, aparenta desprecio, finje, y nadie se atreverá á hablar una palabra, por el contrario, elogiarán tu entereza; ¡pero batirte, nunca!

—¡Es que yo he insultado á ese hombre y no debo faltar á mi cita, dirán que después de ultrajado, soy un miserable!

—¡Si todos ellos lo son, si hasta el duelo es una farsa ya combinada de antemano! ¿Cuántos muertos has visto, y se insultan todos los días en el juego y en las reuniones? Mucho escándalo, muchos padrinos, y al fin nada. En la clase media sí es cierto el duelo por causas de honor, tú estás loco, Alberto.

—¡Imposible, imposible, yo no faltaré á mi cital

—Marcha en buena hora á matar ó á que te maten por los deslices de tu hermana, ve á verter la sangre de un hombre, que acaso ni sea culpable, ve á derramar la tuya, que tu hermana no se detendrá en su carrera.

—Es que ya es una cuestión de hombres.

—Los hombres, Alberto, hacen cuestión en los campos de batalla peleando por sus ideas ó por su patria, no por mujeres sin pudor.

—¡Calla, por Dios, Rebeca, que me estás asesinando!

—Ahora, dijo la joven con las lágrimas en las pupilas y dando á su voz una entonación dulce y cariñosa: por mí, por nuestro amor..... ¿qué haría yo sin tí, á quien amo tanto? ¡Ten compasión de mi alma, que quedaría sola eternamente!....

—¡Te amo! gritó Alberto, ¡y tú no

querrás que lleve un sello de infamia, no sería digno de tí!

—¡Dios mío! exclamó Rebeca, ¡tú, y nada más tú puedes salvarlo!

Púsose enteramente pálida, sus labios se contrajéron, cerráronse sus ojos y cayó desmayada.

—Adiós, dijo Alberto, volveré á verte, el cielo tenga compasión de mí!

II

Amanecía. Los primeros párpados de la luz como vibraciones eléctricas, iban invadiendo el cielo, y los celages de la noche tomaban el violado color del crepúsculo.

Todavía las lámparas eléctricas ardían en el bosque.

Se oía el canto de los pájaros que despertaban, y allá á lo lejos los primeros rumores de la ciudad.

Alberto cruzó violentamente el espacio escampado que media entre Tacubaya y Chapultepec, se internó en el bosque.

A poco llegó un coche con sus testigos.

—Qué temprano has venido, dijo Carlos, saltando del carruaje.

—Acabo de llegar, temía dormirme.

—Se conoce que estás perfectamente tranquilo y me haces confiar en el éxito.

—No hablemos de eso, dijo Alberto, aparentando una gran serenidad.

—Dejemos en el suelo estas malditas espadas, que me han molestado durante el viaje, dijo el otro testigo, y recargó las armas en un ahuehuete.

Todos comenzaron á aparentar una gran serenidad y todos estaban inquietos; pero es de sociedad y de amor propio no demostrar temor.

—¿Y qué tal de baile? dijo Alberto.

—¡Magnífico, sorprendente! *las olas altas*, contestó Carlos, nos hemos divertido toda la noche.

Creía tener un lance como el presente, porque la esposa de ese tipo del barón estaba muy insinuante y yo que soy débil, no me separé de ella en toda la noche. El barón se acercó y me dijo: ya estará usted fatigado de bailar con mi esposà.

—No, caballero, le contesté; la señora es una pareja encautadora que no fatiga nunca. En cambio, me replicó, yo sí me fatigo y voy á retirarme, y tomando por el brazo á su esposa, se marchó hecho un energúmeno. ¡Qué mujer, es bocato di cardinali!

—Yo, dijo el otro testigo, no estaba tan afortunado; una maldita vieja me capturó durante tres horas. Qué aderezo de esmeraldas y brillantes, se me hacía agua la boca. Es una viuda de hace veinte años, que es necesario cultivar y más ahora con la rebaja de la plata.

—Es que esa señora tiene muchos colmillos, dijo Alberto.

—Yo los tengo muy afilados, contestó Carlos. Pero hombre, ¡qué guapas chicas y qué maridos tan despreocupados!

—Es que tienen mucha confianza en sus costillas, observó el testigo.

—Puede ser que se las rompan, dijo Alberto.

III

Un coche llegó en aquellos momentos con el coronel, sus testigos y el doctor.

Saludáronse cortésmente, y los testigos se separaron para hablar por última vez.

—Señores, decía uno, hemos ratificado y el coronel niega rotundamente ser el raptor de la señorita Santelices.

—Pero ya no es esa la cuestión, es que se han insultado y esto pide sangre.

Todos los testigos quieren sangre, siempre que no sea la suya, así se juega con la vida humana.... La existencia de dos hombres á merced de la petulancia y del valor postizo! Todos aspiran á un rasgo novelesco, todos quieren figurar en el drama y cuando no hay accidente desgraciado nadie queda satisfecho.

—Señores, continuaban los testigos, no venimos á una farsa; en último resultado, nos han invitado á que veamos un duelo, que cuidemos que no haya ventaja y nada más; todo es por cuenta de los combatientes; intervenimos en un negocio ageno.

—Pues entonces, vamos al lance y dejémonos de escrúpulos.

—Bien, bien, al lance, al lance, dijeron todos y se dirigieron al lugar donde el coronel y Alberto esperaban con impaciencia.

IV

—Señores, dijo Carlos, poniéndose entre los combatientes: aquí va á verificarse un lance de honor, ustedes están obligados á respetar las leyes del

duelo y las prescripciones formuladas
por nosotros, bajo las penas de ser
arrojados vergonzosamente del campo del honor. Se batirán á florete y á
primera sangre, porque hemos juzga-
do que la ofensa no merece pena de
muerte. El coronel jura bajo su palabra que no es el raptor de la señorita
Santelices; pero los insultos que le ha
dirijido al señor Santelices (hijo) re-
quieren una reparación por medio de
las armas.

—Señores, dijo Alberto, yo..

En estos momentos le interrumpió
Carlos, diciendo:

—Caballero, ya no es permitido hablar, ya está dicha la última palabra.

—Bien, contestó Alberto.

—Durará el asalto tres minutos, y
cinco de descanso, hasta que haya resultado.

El coronel y Alberto se despojaron
de sus levitas, tomaron sus floretes y
se pusieron en guardia.

Se dió la señal de avancen.

El coronel estaba sereno, revelaba
que no le eran agenos aquellos lances

y esperaba tranquilo el primer golpe de su contrario.

Alberto estaba intensamente pálido, su pecho se agitaba y hasta se creía oir las palpitaciones del corazón.

omenzó el combate.

Alberto atacó rudamente á su contrario, estaba imprudente en el lance.

Los dos tiraban bien, se oía el choque de los aceros en medio de aquel silencio lúgubre que rodea esos momentos de indecisión y de angustia.

Al evitar una estocada el coronel, alcanzó el pecho de su contrario.

¡Está tocado! gritó Carlos y se suspendió el combate.

El médico acudió oportunamente.

El florete se había deslizado por la pechera almidonada y había rasgado la camisa bajo el brazo, pero sin llegar al cuerpo.

Descansaron cinco minutos en que hubo una espectación terrible y el duelo se continuó.

Se marcaba desde luego una gran ventaja por parte del coronel.

Alberto rayaba en la impaciencia

por dar fin á aquella situación desesperada.

En un momento en que el coronel
quiso tomar con decisión la ofensiva,
se descubrió accidentalmente y Alberto, aprovechando la oportunidad
que se le presentaba, se dejó ir á fondo y le atravesó el corazón.

El coronel tendió los brazos, soltó la
espada y cayó sin exhalar un suspiro.

Está muerto, dijo el doctor después
de haberlo reconocido.

Alberto, pálido y trémulo, permanecía de pie sobre el campo, esperan-
do el mandato de los padrinos.

Reuniéronse los testigos, y todos
con la cabeza descubierta se acerca-
ron á Alberto.

—El lance ha terminado, dijo Carlos con voz solemne, los dos combatientes se han portado como hombres
de honor, nada tenemos que objetar,
se le dará á usted testimonio del acta
que vamos á levantar en este mismo
sitio, para que se testifique siempre,
que ha matado usted desgraciadamen-
te, pero en buena lid, al coronel.

En esos momentos llegó á todo escape un lacayo, saltó del caballo, y le entregó una carta á Alberto. «Hijo mío: se ha descubierto al raptor de Elisa, es Robertito, mi camarista. Dale una satisfacción al coronel. — *Tu padre.*»

—¡Maldición! gritó Alberto, y rompiendo la espada sobre su rodilla, salió como un loco del Bosque de Chapultepec.

V

Cuando Rebeca volvió de su desmayo, ya Alberto había desaparecido.

Le pareció á la joven que había sido presa de una pesadilla.

Pensó un momento como quien despierta de la anestesia del cloroformo, y se convenció que no había sido un sueño, sino una realidad terrible.

Entonces se arrodilló delante de la

imagen de la Virgen, único cuadro
que había en la estancia y comenzó á
rezar en voz baja, interrumpida por
los sollozos.

Su corazón de dieciséis años nada
había sufrido hasta entonces.

Las ilusiones de su primer amor habían decorado el horizonte de su tem-
prana juventud.

El mundo, para ella, era una atmósfera de azul y oro, salpicada de luceros
y saturada con el aroma de las flores.

Las nubes del dolor no se habían
extendido sobre su frente, ni había
oído más que á lo lejos las tempestades de la vida.

Una madre tierna y cariñosa le había inculcado los sentimientos de pureza y de virtud, le había enseñado á
amar todo lo bueno, y la niña había
crecido como una azucena en los campos de la existencia, solitaria, modesta y con una alma de arcángel.

Había conocido á Alberto y su corazón había despertado á los primeros ensueños de la dicha y de la ilusión.

No conocía ese abismo obscuro de
las pasiones, donde el cabello encane-
ce, y se arruga el semblante á fuerza
de pesadumbres y desengaños, creía
que amar era ser feliz, que la existencia era un tejido de rosas y no la habían punzado los abrojos de la desgracia.

Amaba con todo el dulce y melancólico ardor de la juventud.

Soñaba despierta con aquel sér de
sus esperanzas, con aquel ídolo que
había levantado en el altar de sus
creencias.

Si alguien le hubiera dicho: despierta, pobre niña, esa sombra que
cubre tu cabeza es la nube de una tor-
menta, ese ambiente embalsamado es
la aspiración de un veneno, esas flores dan la muerte; porque el áspid está escondido entre sus hojas, hubiera
desfallecido de dolor.

¡Ay de los ojos que lloran la prime-
sa lágrima! ¡ay del pecho que exhala
ru primer suspiro!....

Rebeca, que no había podido excu-
sarse de las conversaciones del mun-

do, lo había visto revelarse ante sus ojos, cuando desfilaba delante de ella todo lo que tiene de deslumbrante la sociedad, y había oído historias horribles y crímenes espantosos.

Le señalaban un mujer hermosa, elegante, perfumada, llevada en gran carroza por frisones, y le decían al oído: esa mujer es una infame, ha traicionado á su esposo, ha enlodado la fe conyugal y pisoteado la honra y el nombre de sus hijos, y no obstante, vive entre el esplendor y hay quien se honre con saludarla.

Aquella otra, llena de diamantes se ha vendido al oro de un extranjero repugnante y avaro, despreciando el amor de un pobre.

Aquella otra sedujo á un joven rico y cuando lo vió arruinado y en la miseria lo abandonó vilmente; el joven se levantó la tapa de los sesos y ella se pasea con el dinero estafado á la imprevisión juvenil.

Mira ese caballero, ese vive del robo, en su casa se juega y se engaña á todos los que creen que pueden hacer una fortuna de un solo golpe. Al perdido le presta para acabarlo de arruinar.

La honradez apenas puede acumular una pequeña riqueza; ésta se obtiene por el trabajo afortunado ó por herencia.

Todo eso que ves, es crimen ó mentira!....

Así es que cuando Rebeca volvía la vista á su casa humilde, sentía una satisfacción grande; aquí todo lo que existe está comprado con el sudor del trabajo, aquí no hay estafas, aquí no corre el crimen como moneda. ¡Cuánta felicidad encierra esta medianía! Los brillantes no cubren esos senos, nidos de la virtud, aquí los encajes palpitan sobre un corazón lleno de pureza.

Rebeca no pensaba aún ni en casarse, no sabía qué era eso, amaba y no pensaba más que en su amor.

La primera sensación de dolor, fué cuando Alberto le dijo que iba á exponer su existencia frente á la espada de su adversario. Entonces sintió por

8

primera vez la angustia y lloró también por primera vez.

Alzóse repentinamente y corrió á las rejas de su ventana.

Ya era de día.

El sol dejaba caer sus primeros rayos sobre la extensión del cielo, y el crepúsculo se disipaba lentamente perdiéndose en el confín del horizonte.

La naturaleza despertaba á la vida, las flores abrían su cáliz, para saludar á la luz y enviarle sus perfumes.

Los árboles mecían sus hojas lustrosas de esmeraldas y las cascadas parecían entretejerse entre sus espumas, mezclando sus rumores al canto de las aves.

Corría el viento fresco de la madrugada.

VI

De repente se oyó un grito, era Rebeca que había visto desembocar á Alberto por la calle.

Venía todo descompuesto, la cabeza descubierta y el cabello revuelto, la levita y chaleco desabrochados y estrujando un papel entre sus manos.

—¡Alberto! exclamó la joven, tendiéndole los brazos.

—¡No, gritó Alberto, no me toques, estoy manchado con la sangre de un inocente, soy un miserable!

—¡Jesús! dijo la joven aterrorizada.

—¡Esta mano, continuó Alberto, ha herido un corazón noble y generoso, no tengo perdón; aborréceme!

—¡Alberto! ¡Alberto! murmuraba la joven.

—Tú me detenías, continuó Alberto, porque tú eres mi ángel bueno.

—Tranquílizate, por Dios, dijo suplicante Rebeca, aún te queda el arrepentimiento.

—No, no merezco perdón.

—Pero ese hombre había seducido á tu hermana, había arrojado una mancha en tu familia.

—Alberto tendió la mano y le presentó la carta de su padre; mira le dijo, tú eres dueña de mis secretos.

guarda éste en el fondo de tu alma.

—Rebeca pasó la vista por los renglones y sonrió con ironía terrible.

—No me han engañado, estas mujeres son una deshonra, y tú has matado á un hombre por una miserable que se ha entregado en brazos de un camarista!.... ¡después del asesinato, el ridículo!

—¡Calla, por Dios, Rebeca, ten compasión de mí!

La joven enmudeció y pasó la mano por la frente sudorosa de Alberto.

Un carruaje á todo escape se acercaba.

—Es tu coche, dijo Rebeca, conozco á tus lacayos.

El coche se detuvo.

Elisa sacó la cabeza, y sin saludar á Rebeca, se dirigió á Alberto.

—Hermano, gritó, ¿no te ha pasado nada? estos soldadones ordinarios son atroces.

—¡Véte de aquí! gritó Alberto, ¡no te conozco!

—Qué niño eres, respondió Elisa.

—Y tú una miserable, que nos has deshonrado, obligándome á un asesinato!

—Vaya, vaya, que lo has tomado á lo trágico, seguramente porque estás en presencia de esta señora.

Alberto se puso pálido, rechinaron sus dientes y sus manos se crisparon.

—Esta señora, le dijo mostrándole á Rebeca, es la virtud, es la honra, es mi felicidad. Ella no desciende hasta los lacayos, no enloda su nombre, no desafía á la sociedad con un nuevo escándalo, mientras que tú, la gran señora, la dama de los salones, empañas con tu aliento y corrompes con tu presencia!

Elisa exclamó:

—¡Imbécil!

Se tiró con desdén en el fondo del carruaje, hizo seña á los lacayos, y se alejó á todo escape en dirección de la ciudad.

CAPITULO III

El Conde Maño+i

I

La sociedad elegante celebraba una de esas fiestas campestres propias de la temporada.

En una preciosa huerta y á lo largo de una calzada de fresnos, se veían bajo cada copa, una pequeña mesa con su blanca servilleta, un ramo de flores, una fuente con *tamales*, una jarra pompeyana con el *atole* humeante y cuatro ternos de porcelana de Sèvres, dando un hermoso y alegre espectáculo.

Los invitados elegirían sus parejas y harían á la sombra de cada árbol una pequeña tertulia de intimidad.

En una amplia glorieta, ceñida como por una corona de rosas y clave les, tenía lugar el baile al son de una magnífica música de cuerda, como homenaje á las antiguas costumbres de ese México tan querido, que ya se va entre los vapores de una nueva civilización.

Necesario es confesar que la aristocracia mexicana tiene gusto especial para sus fiestas y se observa una etiqueta europea.

Las telas más preciosas, los encajes más finos, todos bajo la forma moderna, formaban un conjunto deslumbrante y encantador. Ayer los rasos y el tisú; hoy las muselinas de la India y las flores naturales.

En la aristocracia hay mujeres bellísimas, con el cutis impregnado de esencia, las mejillas pálidas por la vida sedentaria, pero como hojas de azucena, cabezas olímpicas, y talles de Ondina, y pies pequeños, puestos en el más elegante de los calzados.

Son flores que se marchitan en las fiestas de los salones.

La salud no puede conservarse en ese género de vida.

En la mañana al templo, donde la atmósfera mefítica y enfermiza conspira contra la salud, porque hoy todo se desinfecta, menos l·· ·emplos.

Cerca de cuatro sigl·· ·e estar sin aire puro, con el alien·· ·nponzoñado de las enfermedades, secándose la saliva en las baldosas, esparciéndose por aquel aire pesado y absorbiéndose en los vírgenes pulmones de las niñas; cuando convidan nuestras alamedas, nuestros jardines y esos alrededores tan hermosos de la ciudad.

Después, un almuerzo sin apetito, una hora de piano, y en la tarde al *paseo* en un carruaje con los cristales echados y un aire condensado.

En la noche al teatro ó á la tertulia, agotando las energías nacientes y debilitando todos los órganos.

De aquí vienen las enfermedades y la melancolía, que llega bien pronto al histérico.

Así sale la raza de niños enclenques, que llevan al paseo en una bolsa de algodón, que crecidos los ponen en el velocípedo á lucir su raquitis.

mo; después á la escuela católica y
cómo ní su cerebro ni sus facultades
tienen fuerza de impulso ni de reten
ción, les es imposible el estudio cien
tífico, y más tarde tienen para ocu
parse en algo ó si sus padres están
arruinados, que solicitar de una dama
le pida al ministro un empleo, al cru-
zar de una sonrisa en el paso de un
rigodón.

Con razón á esos jóvenes viejos les
llaman *siete mesinos.*

Además, como por orgullo no quieren cruzarse, de dos debilidades sale
una estupidez. Ya la tercera generación es de ostiones.

Pero volvamos á la tarde de campo.

II

Una de las damas más bellas y elegantes es Elisa, parece que su aventura ha sido un ajenjo, pues todos la si-
guen y aspiran al honor de bailar con
ella.

Las compañeras de baile la miran como á una heroína de novela, y hasta la envidian.

Alberto está triste, malhumorado, recordando cuanto le ha dicho Rebeca, y pasa revista, y marca la diferencia entre aquel ángel y ese torbellino de pasiones y de errores que azota la sociedad más distinguida.

Pero en esa sociedad no todo es perversión, también hay inocencia y virtud, también hay lágrimas y amor. Flores entrelazadas á ramas venenosas, ángeles que rozan sus alas en el barro de la tierra.

Cuántas veces arrojan sus brillantes en las bandejillas de oro, deseando salir de aquella atmósfera á los goces puros de la virtud que resplandece en su seno, y que repugna ese espectáculo, que bajo sus pompas esconde, como los mármoles del sepulcro, una podredumbre.

Cuántas de esas almas no creen en el amor, porque saben que su oro es el atractivo y no su alma, y desearán encontrar lejos de ahí, el cariño verdadero y sin interés. Pero la vanidad llega á dominar su espíritu, y entonces también aspiran al lujo y á la riqueza, y no les basta, quieren el brillo de un título, venga de donde viniera.

Así es el corazón humano.

III

Alberto recibe con frialdad las felicitaciones de esa turba de imbéciles, por haber matado á un hombre.

Este es el apoteosis del crimen·

Aquella sociedad aguardaba una presentación aristócrata.

El conde Mafiori concurriría á la fiesta.

Era un francés con título italiano, que venía á visitar nuestro país, y á ver el estado de la minería, que le importaba mucho, porque traía grandes proyectos, y no sabiendo en qué utilizar su capital, de preferencia venía á América para sus empresas.

El tal conde era un aventurero bajo las altas formas de la aristocracia, hasta el título era inventado.

Era un jugador de oficio, de esos que echan *misiones* para desplumar al prójimo, un estafador por los cuatro costados.

Pero en México se engaña á la sociedad con la mayor facilidad.

Llega un extranjero, y como sepa presentarse, lo llevan á los casinos, al Jockey, á las grandes tertulias, y lo instalan en el lugar que él busca para sus empresas.

Después son los desengaños y las disculpas.

Si el extranjero viene acompañado de una aventurera, que por lo regular son muy bellas, entonces el negocio es más redondo, el entusiasmo no conoce límite.

Todavía estamos en mantillas.

Todos los hombres de valer, ven desde lejos ese espectáculo grotesco y se ríen de esa sociedad.

Alberto dirigiéndose á Carlos decía:
—estas presentaciones me tienen fasti-

diado, ya hemos recibido muchos desengaños; recuerdo cuando vino la Cámara de Comercio de Chicago y les
dieron un baile. Esos yankees grose-
ros se presentaron de *botas* y *sobretodo* en una reunión tan elegante.

—Sí, dijo Carlos, parecía que entraban en una cabaña de negros; son
sumamente ordinarios, ¡qué chasco lle-
vamos!

—Cuando vino Don Carlos, el pre-
tendiente á la corona de España, hizo
nuestra sociedad tales despropósitos,
que el Majestad debe haber reído á dos
carrillos.

—Somos aristócratas, dijo Alberto;
pero líricos, no aprendemos todavía,
ni nos lo creen, la revolución nos ha
puesto en evidencia.

—Sí, dijo Carlos, á los que llamá-
bamos bandidos y herejes, les tenemos que abrir paso como sus lacayos.
En el fondo los detestamos; pero por
fuera nos inclinamos como unos infelices. La nobleza antigua tiene la culpa, es decir, la verdadera nobleza se
ha democratizado ayudando el im

pulso revolucionario, ocupa altos puestos en la democracia, y á nosotros, los
que sostenemos la bandera, nos han
puesto en ridículo. Cuando yo los veo
sentados en la Cámara, entre aquella
chusma, me causa indignación, se han
olvidado de sus mayores.

—Ellos, dijo Alberto, saben más que
nosotros. Han seguido el movimiento
del progreso y son respetados y que-
ridos, mientras nosotros somos la burla y el escarnio.

—Vamos, Alberto, que ya la señorita Rebeca te ha contagiado, ¿no es
verdad?

—Si los que han tenido la nobleza
por herencia, dicen que la guardan en
el corazón y la conservan en sus acciones, ¿qué vamos á hacer nosotros
con esta apariencia de aristocracia ridícula, que no sirve sino para poner-
nos en evidencia? ¿De dónde venimos? De la casa de moneda, este es
nuestro título, para ver sobre el hombro á los que valen más que nosotros.
Ni la inteligencia, ni el patriotismo están entre nosotros. Una sociedad de

bambolla y extravagancia, un falso brillo de grandeza, y en el fondo, miseria y especulación vergonzosa; pero nos queda el orgullo de decir que somos *las olas altas* sociales!

—Chico, chico, estás de mal humor, vete á tus rejas á poetizar con las trenzas de oro y el talle de abeja, y no nos insultes más.

—Es verdad, dijo Alberto, no es tiempo ni oportunidad para estas digresiones; pero ya llega el conde, veremos qué clase de tipo nos van á presentar.

—Siempre es un conde, dijo Carlos, vendrá á engrosar nuestras filas, que ya se anemizan.

—Pues buen refuerzo esperamos, contestó Alberto.

IV

Bajaban del carruaje dos pollos almibarados y el conde Mafiori.

Era esta personalidad enteramente repugnante.

El conde era obeso, bajo de estatura, pies y manos deformes, cabeza de jabalí, rubio, de grandes patillas, no usaba bigote, y dejaba ver una dentadura orificada.

Vestía pantalón blanco, saco de seda de la India, chaleco de lienzo, y llevaba en la corbata una perla negra y al reloj una gruesa cadena de oro como la que llevan los jugadores.

Lo habían recibido en el Club, había jugado y dejádose ganar; estaba haciendo un reconocimiento del campo. Se había enterado de los capitalistas y se había fijado de preferencia en la familia de Santelices.

La aventura de Elisa le proporcionaba camino hasta llegar á su caudal, que era su punto objetivo, así es que iba á la fiesta con objeto de hacerse pesentrar con la hija del banquero.

Los mentecatos que lo acompañaban orgullosos, dábanse un aire ridículo de importancia.

Luego que se encontró en aquella concurrencia, se puso el sombrero ba.

jo el brazo, y comenzó á saludar á las damas y caballeros según su turno.

Todas las mujeres comenzaron á coquetear, se trataba de un Conde.

Cuando Mafiori se presentó frente á Elisa, la saludó lo más cortésmente que pudo.

—Señorita, le dijo, al tener el honor de saludar á usted por primera vez, me permito solicitar una atención inmerecida.

—Hable usted, señor Conde, dijo Elisa con una sonrisa encantadora.

—Desearía, señorita, me permitiese usted bailar la primera cuadrilla.

—Será la segunda, dijo Elisa, vea mi etiqueta.

de—Cualquiera que sea, dijo el Conña, me sentiré muy feliz con acompar á usted, señorita.

—Lástima que sea tan feo este Conde, dijo Elisa á una de sus amigas, no está mal para pasar el rato.

—Parece un zapo salido de la Alberca, contestó Enriqueta, que era una morena encantadora.

—No ha venido, continuó Elisa, esa figura en la Moda Elegante.

Enriqueta, cubriéndose la boca con el pañuelo, dijo:

—Eso ha de ser porque el modelo lo deben haber enviado á la Exposición de Chicago.

—Parece que tiene echadas dos fieras en los pies.

—Sí, dijo Enriqueta, y las manos enguantadas parecen de elefante.

En un momento el Conde estaba descuartizado, porque las mujeres llevan el veneno en la lengua.

V

Llegó por fin la cuadrilla, y el Conde algo cortado, porque se había apercibido de la burla de Elisa, se acercó, la tomó el brazo, y se preparó con todo valor á afrontar los lanceros.

—Muchas felicidades, le dijo Enriqueta al oído, que salgas bien de ese Conde...... nado.

La concurrencia no le quitaba la vista al aristócrata por si traía alguna novedad al baile.

Entretanto, unos amigos hacían la presentación del Ingeniero Eduardo Varela, que venía de la Argentina.

Las damas lo saludaron fríamente, y los hombres, poco más ó menos.

Aquel hombre no pertenecía á esa sociedad, venía á estudiar las obras del desagüe del Valle, no á presentar un nudo nuevo en la corbata, ni unos zapatos de punta japonesa, así es que debía de ser mal recibido.

Alberto, que conocía el valor de aquel hombre, lo retuvo á su lado y lo llenó de atenciones.

—Estoy, dijo Varela, en que yo conozco á ese caballero que baila con la señorita hermana de usted; su cara no me es desconecida.

—El Conde Mafiori.

—Sí, acaso me he equivocado, pero mientras más lo veo, más me preocupo, estoy seguro de haberlo encontrado en uno de mis viajes.

—Viene de los Estados Unidos, dijo

Alberto, trae negocios de minas, se dice que es un gran capitalista.

—No insisto, contestó el ingeniero; pero si yo le dijese á usted hasta dónde van mis recuerdos......

—Hable usted y no tema una imprudencia.

—Contando con la caballerosa reserva de usted, me parece que lo ví en un jurado de París, en una causa ruidosa.

—Ha despertado usted mi curiosidad, dijo Alberto, recoja usted su memoria.

—No recuerdo, sino que lo ví en el banquillo, al menos eso se me figura, y creo que se trataba de una estafa hecha con suma habilidad.

—Continúe usted, continúe.

—Dicen que una casa de Bélgica, avisó á su corresponsal de París, que el cajero había huído, que llegaria á la capital de Francia cou unas letras por valor de quinientos mil francos, que procurase aprehender al delincuente y avisase á la casa.

El corresponsal, previas señas, dió

con el viajero, seduciéndolo con el negocio de necesitar libranzas sobre Bruselas, lo llevó al despacho y avisó á su corresponsal de Bélgica, después de recogerle las letras.

El cajero se le arrodilló al corresponsal, le descubrió el móvil del robo, que era una gran desgracia de familia, que llevaba veinte años de servir á la casa, que lo perdonaran.

El corresponsal dió noticia de lo que pasaba y recibió un telegrama, diciendo que no se perjudicara á aquel hombre á quien le debían grandes servicios, que le entregara por su cuenta la suma de cien mil francos y lo dejaran ir.

El corresponsal dió aviso de quedar cumplido el deseo y mandato de la casa. Entonces recibió una respuesta que lo dejó helado: «Ignoramos el contenido de su telegrama, aquí está el cajero, no ha habido robo alguno, ni hemos mandado dar cien mil francos á nadie.»

—¡Demonio! dijo Alberto.

—La operación era sencilla, dijo el

ingeniero. Un bribón estaba en la oficina del telégrafo de Bélgica, suponiendo telegramas; cuando se realizó el plan, dejó pasar el último aviso á la verdadera casa, y de aquí la respuesta que denunció al corresponsal de París, que había sido estafado.

—Se pierden de vista estos hombres, dijo Alberto.

El ingeniero observó que no se atrevería á asegurar que era el mismo; aunque era mucha la semejanza.

VI

El conde comenzó á disponer sus baterías.

—Señorita, decía á Elisa, le debo á usted una satisfacción, confieso mi culpa y me arrepiento.

—¿De qué? preguntó Elisa.

—Perdón, dijo el conde, lo necesito, por haber creído que en México no existía una mujer tan hermosa como usted.

La joven se sonrió.

—Es que hay bellezas, continuó el conde, que no pueden verse impunemente, desde luego subyugan y esclavizan.

—Pues no hay que exponerse, señor conde.

—Es que ya estoy sufriendo el estrago. ¡Qué felicidad y qué orgullo presentarse en la capital de Europa con una hermosura semejante!

—Está usted muy galante, señor conde.

—No, señorita, jamás he sentido tanto lo que digo como ahora.

—No sé qué tiene esta atmósfera de México, que apasiona, parece que el corazón deja su corteza y reverdece. Las ilusiones vuelven á aparecer más llenas de encanto y de belleza, cuando ya se habían alejado para siempre, ¡qué hermoso es resucitar á la vida del amor y de las inquietudes! Qué vale el dinero, qué el oro y esplendor, todo eso que seca el alma, en cambio de estar al lado de una mujer que resplandece, que seduce, que apasiona con una sola de sus miradas.

—Ha tropezado usted, señor conde.

—No señorita, que he caído.

VII

En efecto el conde había tropezado

El baile continuó, y el conde acompañó en otras piezas á Elisa, haciéndole una declaración formal.

Elisa había hecho una conquista en presencia de todas aquellas coquetas que la veían con envidia.

Hasta las viejas aristócratas estaban de muy mal humor; no hay cosa que más moleste á una vieja qué las victorias de la juventud.

En la edad senil, la mujer se vuelve envidiosa, locuaz, irónica, para vengarse de su impotencia, es cruel con la belleza, y cuando está á su alcance la martiriza.

El conde, para atraerse á la familía, e acercó á Alberto.

—Caballero, le dijo, usted me ha nspirado simpatía, veo en usted á un oven de talento capaz de asociarse á randes proyectos.

—Soy demasiado distinguído, dijo Alberto rudamente, para entregarme : negocios comerciales: desde el conistrajo hasta la bolsa, me repugan.

—Tiene usted razón, caballero, dijo l conde, para nosotros los aristócra- as. todo eso es pesado.

Pero yo hablaba de otra índole de egocios.

—Los negocios, señor conde, son hacer dinero, y yo tengo de so-

ted, señor conde, trae la actidad europea.

—No, caballero, la americana.

—¿Pues qué tiempo hace que dejó usted París?

El conde resistió aquella pregunta, en la que seguramente notó alguna intención, y contestó:

—Hace dos años.

—¿Y en París se hacen grandes negocios?

—Sí, dijo el conde, magníficos, aquella bolsa es la primera del mundo.

—¿Y en Bélgica? preguntó Alberto, acentuando la frase.

El tiro iba tan bien dirigido, que el aventurero se desconcertó un tanto, y respondió maquinalmente:

—No conozco la bolsa de Bruselas.

En esos momentos se acercó un extranjero amigo del conde, y aprovechando la oportunidad le tomó del brazo, saludando respetuosamente á Alberto.

—Señor de Santelices, dijo el ingeniero, ha estado usted á punto de cometer una imprudencia.

—Fué intencional, dijo Alberto, usted habrá notado que este miserable se dirige á mi hermana, al husmo del dinero, eso se comprende fácilmente.

—Puede que tenga usted razón.

A poco apareció el conde dando el brazo á Elisa, y acompañándola al carruaje.

Alberto se interpuso.

—Caballero, ya nos retiramos, le dijo, y tomó de la mano á Elisa.

—Señor de Santelices, estoy posado en el Hôtel de Iturbide, donde me ofrezco á su disposición.

El conde esperaba que Alberto á su turno le ofreciera la casa, pero el joven contestó á secas: gracias.... y se entró en el carruaje sin saludar al conde.

VIII

Estoy perdido, dijo Mafiori al extranjero, ese joven que acompañaba á Alberto me ha conocido. Como es americano me fijé en él, allá, cuando el jurado de París.

—Es una fatalidad, contestó el extranjero.

—Es necesario prevenirlo todo. La señorita de Santelices me recibe bien, he aventurado una declaración y me ha ofrecido contestar muy pronto. Im-

porta deshacernos de Alberto inme-
diatamente. Como sus amores son un
escándalo en la aristocracia, me han
puesto al tanto que ama á una joven
de la clase media, cuyo padre es muy
pobre, es necesario alejar á esa familia de México, para que él se ponga
en su seguimiento, mientras yo arreglo mi negocio.

—Bien pensado.

—·La cosa no presta dificultad, tengo hablado algo sobre una mina de
Fresnillo, enviaremos como inspector
del ingeniero al padre, con un alto
sueldo para que lleve á la familia.

—Muy bien.

—Tengo tomadas todas las entradas, mañana hablo con el jesuita confesor de la señora, él me hará el negocio, y acaso lo pensará con más
acierto que yo, que no conozco á esta
sociedad. El viejo es inmensamente
rico, y además querrá cubrir la honra
de su hija en mi casamiento.

— Eres el diablo, dijo el extranjero.

—Yo, continuó el conde, soy capaz
de cubrir cuantas honras haya en el

mundo, por un millón de pesos, no es muy caro; además, mi título vale mucho entre estas gentes. Si supieran que lo compré en Roma á un perdido por unos cuantos florines, se reirían de mí.

—Temo, dijo el extranjero, que se rectifique lo del jurado.

—No hay cuidado, estamos á una gran distancia, y como cumplí mi condena, no hay interés en la policía francesa en buscarme.

—Es verdad.

—Dirígete á la casa de la novia de Alberto y sedúceme al padre, no te pares ni en ofertas, ni en el dinero, ya sabes que es el rey del mundo.

—Mañana, á primera hora, me encargaré de este negocio.

—Excusa mi intervención en el asunto, sabrían de dónde venía el golpe.

—Descuida.

—Ahora voy á jugar, necesito dar un golpe que suene, aquí todavía son muy inocentes.

El conde se separó de su amigo y se entró en un senador, donde se jugaba á todo jugar.

IX

—¡Hola! dijo Carlos, el señor conde viene por la revancha.

—No aspiro á ella, dijo el conde, vengo á divertirme y nada más.

—Pase usted por aquí; ahora no hay pokar, la banca tiene tres mil onzas.

—No es demasiado dijo el conde, y tomó asiento con entera calma.

Sacó su cartera repleta de billetes y la puso en la mesa con la mayor indiferencia.

Estuvo atento á algunos lances del juego, y cuando calculó según su inteligencia y saber, que era hora, puso billetes por valor de quinientas onzas.

Hubo un momento de espectativa.

El conde ni aun se fijaba en las cartas, que corrían lentamente en manos del montero.

—Ganó usted, señor conde, dijo el que llevaba la voz.

El primer golpe estaba dado.

Esperó á que le tocara el *alce*, y dobló la partida á un rey.

Á la segunda carta apareció el rey.

Un caballo y un dos cayeron sobre el tapete verde.

—Encarte usted el dos, si usted gusta, es un albur de *tapo* y pago cuanto se apueste, dijo el conde al montero.

El reto fué aceptado, multitud de apuestas llovían sobre el conde, creyendo que no acertaría el tercer turno.

El montero le pasó la baraja, que tomó con toda elegancia.

Un silencio profundo se hizo sentir en toda la reunión.

El conde, sin emoción alguna, comenzó á pasar su mano, deslizando suavemente las cartas, á los que respondía el latido del corazón de los jugadores.

—¡El dos! gritaron todas las voces.

El conde se levantó y dijo al montero:

—Puede usted disponer de esa suma para continuar, y los señores que gusten, dispongan á su vez de lo que quieran, y saludó cortésmente dejando la partida.

Al día siguiente se supo en la alta sociedad el lance del juego, y se hacían elogios de la educación y galantería del aventurero.

CAPITULO IV

El prólogo de un drama

I

El señor Sequeiro, padre de Rebeca, era un liberal distinguido, había peleado por la libertad en todas las revoluciones que prepararon la evolución progresista triunfante en la república.

Como diputado al Constituyente, su voto y su palabra estuvieron con los principios más avanzados de la Reforma.

Sus abuelos tuvieron títulos nobiliarios en los tiempos de la dominación española, pero él nunca hablaba de ellos, se había declarado contra toda nobleza, era demócrata de corazón y combatía constantemente á esa clase orgullosa y estúpida que ha querido vivir siempre dentro de la aris-

⁺ocracia con una existencia artificial.

Era pobre, muy pobre; pero no cambiaba sus títulos de patriota ni de honradez, por esas herencias viejas, ni esa arrogancia que aspira á una superioridad ridícula y que ya no tiene modo de ser.

Hoy la aristocracia es el blanco de la sátira y si se funda en el dinero, trae historias horribles, que corren de boca en boca y no sirven sino para humillación de esos ricos desprestigiados.

El sentimiento de igualdad es el que más prepondera en México, aquí no se admite otra nobleza qué la del talento y del trabajo.

El señor Sequeiro, veía desde lo alto á toda esa gente y si podía humillarlos, lo hacía á pesar de ser muy humilde.

Vivía con dificultades, sostenido por su profesión de abogado.

Había concentrado todos sus afectos en su hija única, Rebeca, á quien amaba con adoración.

Ella era todo para él, cumplía sus nenores antojos, la mimaba y consenía, como cuando quedó huérfana y bandonada dentro su cuna.

Se sentía decaído, y le preocupaba ondamente dejar sola á su hija, enonces pensaba en casarla, pero sentía leno de abrojos el corazón, cuando ensaba que iba á quedarse sin aquala niña que era el tesoro de su exisencia.

El destino diría del porvenir.

II

El señor Sequeiro, más bien su hija, aban un convite á la familia Valero, ue se componía, del padre, que era n español rico y honrado, y sus dos ijas que les llamaban las dos Rosas.

Reinaba una estrecha amistad entre is jóvenes cuya belleza rivalizaba.

Las Rosas eran semejantes á dos otas de agua, en la pureza y en la ermosura.

Rubias, de ojos azules, flexibles, elegantes y graciosas, apenas si senotaba entre ellas la diferencia de un año.

Para diferenciarlas, á una la llamaban Rosa-Té, la cual tenía un lunar en la mejilla, único distintivo y que sólo podía apreciarse por los que la trataban íntimamente.

Valero, era cliente del señor Sequeiro, y le había dispensado muchos favores, eran los mejores amigos del mundo.

Las Rosas estaban desde la víspera en la casa de Rebeca, para preparar el banquete.

Se habían levantado muy temprano para hacer ramos de flores, con las más delicadas y bellas del huerto.

En seguida se marcharon con sus sirvientes al mercado, y trajeron pescados y legumbres y cuanto encontraron; se prometían estar espléndidas.

Llegó la hora, y ellas se presentaron con sus delantales blancos y sus gorritos almidonados como unos cocineros del Grand Hotel parisiense.

Estaban encantadoras.

—Señores, dijo Rebeca, á los dos
amigos, venimos á ofrecer á ustedes
el ajenjo, el hada de las alas verdes y
vestido de ópalo.

—Malo, malo, dijo el señor Sequeiro, la batalla comienza muy temprano.

—Y nosotras, respondió Rebeca,
rompemos el fuego, y las tres niñas
besaron las frentes de sus padres.

—Pues á la salud de ustedes, muchachas, dijo Valero, y chocó sus copas con las de las niñas.

—A la salud y al apetito de todos,
dijo Rosa-Té.

—Ahora á la mesa.

III

Las tres doncellas se fueron á cam-
biar de traje y aparecieron con sus
batas de muselina y lazos azul pálido,
parecían tres ángeles.

Sentáronse á la mesa, reinando una
grande alegría.

—Comenzaremos por esta sopa de macarrones en leche, esta es de manos de las dos Rosas, y está magnífica.

—Me ha servido usted un gran plato, señorita Rebeca, dijo Valero.

—Ya me pedirá usted la repetición.

—Muy bien.

—¿Y tú, papá, nada nos dices?

—Déjame saborear, para dar mi opinión.

Aquel platillo, confeccionado por manos delicadas, no tenía precio.

—Ahora, dijo Rosa, una copita de madera, para que no haga daño.

—Yo la voy á tomar, dijo Rebeca, con el señor Valero.

—Y yo la acepto con mucho gusto:

Las Rosas aplaudieron.

—Me voy á poner colorada, dijo Rebeca, riendo alegremente.

—¡Los pescados! exclamó Rosa-Té, al aparecer un platón con un par de huauchinangos con su salsa de tomate, sus pimientos morrones y sus grandes aceitunas.

—Este plato es obra de la dueña de la casa.

—¡Magnífico! gritó el señor Valero.

—Estos pescados traen un recuerdo de la tierra, ¿no es verdad? Pues yo apuesto á que no se toman mejores en el puerto de Santander, y que allí están á orillas del mar Cantábrico.

—¡Bravo por la cita! gritó Rosa: eso sí merece un brindis de papá, nosotros somos mexicanas.

—Pues brindo, dijo el señor Valero, por la señorita Rebeca, por los pescados, por las aceitunas, por México y por mi Santander.

Las muchachas aplaudieron calurosamente.

—Pero señorita, nos ha servido usted muy poco.

—Pues allá va la cabeza, la mejor pieza según los conocedores.

—La acepto, dijo Valero.

Siguieron los calamares con salsa negra, y después apareció un pavo:

—Vamos á reventar, dijo Sequeiro, este es un convite de Lucrecia Borjia!

—El pavo, dijo Rebeca, ha venido para que lo tomemos, eso ha sido su único objeto; véanlo ustedes qué serio y qué ceremonioso, se parece á los Notarios que están en Belén.

Una explosión de risa acogió las palabras de la hija de Sequeiro.

— Ahora, el plato nacional, los *envueltos colorados*, y usted, señor Valero, no nos desaira, sería una ofensa internacional.

—Ni por pienso, señorita, si es mi delicia ese plato; sobre todo, es mexicano, y con eso basta.

Rosa-Té se levantó, tomó una jarra de cristal, y sirvió en los vasos el *pulque curado.*—Es de almendra, dijo, y hay que tomarlo.

—Sí, sí, gritaron todos, la bebida regional, es admirable!

—Señor Valero, dijo Rebeca, va usted á tomar los higos chumbos, como llaman por allá á nuestras tunas, esté es recuerdo de Andalucía, aunque sea usted montañéz.

En aquel momento sonó el timbre y apareció un sirviente.

—Señor, dijo, dirigiéndose al señor Sequeiro, un señor extranjero busca á usted con urgencia.

—Que pase, voy al momento, vuel vo á tomar con ustedes el café.

Levantóse el abogado, y la mesa continuó, siempre con alegría.

¡Qué diferencia entre esos convites de la aristocracia, tan silenciosos y llenos de ceremonia, en que apenas se prueban los platillos, en que se gas— tan con desdén los mejores vinos, en que se aparenta una indiferencia gla cial y se habla solo de negocios ó se murmura cruelmente!

La honradez es alegre, la tranquili dad de conciencia resplandece, de to do hace un goce. ¡Cuán dulce es la fe· licidad sencilla y la pobreza tran· quila!

IV

El extranjero, cómplice del conde Mafiori, cumplía su promesa, iba á se ducir con sus ofertas al padre de Re beca, para alejarlo de México.

—Caballero, dijo el recien llegado, creo que estaba á la mesa y siento haberlo molestado, pero ignoraba las horas de despacho.

—No importa, caballero, estoy á las órdenes de usted.

—Es un negocio sencillo, y á la vez interesante para nosotros.

—Ya escucho á usted.

—Tenemos un negocio en el Fresnillo, relativo á minas, y necesitamos de los servicios de usted como abogado en aquella localidad.

—Caballero, repuso el señor Sequeiro, se me originarían muchos perjuicios si yo abandonara los negocios que tengo pendientes en el foro de México.

—Lo habiamos calculado de antemano, con cualquier abogado de los radicados en la capital pasaría lo mismo, así es que estamos decididos á pagar todos esos perjuicios, y como se trata de un gran negocio, no reparamos en los emolumentos.

—Es que pudiera ascender á mucho.

—Hable usted por si podemos arreglarnos.

El señor Sequeiro, como todo hombre que se le presenta la ocasión de hacer un buen negocio, aprovechó la oportunidad.

—Señor, dijo, usted perdone si entro en algunas intimidades, soy solo con mi hija, y no puedo dejarla, lo que hace aumentar mis gastos.

El extranjero se frotó las manos.

—Comprendo, dijo el extranjero, exigencias muy justas de familia. Yo me asocio á los sentimientos de usted, yo que he dejado á mi familia en Italia y pulso las dificultades. ¿Y á cuánto asciende el cálculo de usted?

—Lo más tres meses, será lo que pueda permanecer fuera de la capital y mi cálculo sería de nueve mil pesos.

El extranjero aparentó reflexionar, y lo que pensaba era que el precio de la ausencia era muy barato.

—Pues bien, el negocio es hecho, y como usted necesitará para gastos de viaje, que debe ser mañana en el primer tren, le doy un Check sobre el Banco Nacional, de los nueve mil pe-

sos. Cuando haya usted concluido hablaremos de algo más. Esta noche re-
cibirá usted un pliego con instruccio-
nes.

—Está bien, dijo el señor Sequeiro,
sin disimular su alegría, ya está aquí
el porvenir modesto de mi hija.

—Que tenga usted un viaje feliz, en
compañía de la señorita su hija, y que
nos volvamos á ver pronto.

—Gracias, caballero.

El extranjero salió ceremoniosamente, y el señor Sequeiro se dirigió
al comedor, donde lo esperaban para
tomar el café.

V

—Ya estoy aquí, dijo el abogado
lleno de gozo, y les traigo una noticia
que va á complacer á todos.

Ese extranjero que acaba de hablar
conmigo me ha traído un buen negocio.

—Habla, dijo Rebeca.

—Hija mía, mañana salimos para Fresnillo; voy de representante de una compañía minera.

Rebeca se puso pálida, pero nadie lo notó.

El español frunció el ceño y esperó á que Sequeiro concluyese.

—Decía, que salgo para Fresnillo, me han adelantado nueve mil pesos, aquí está el libramiento para el Banco Nacional.

—No sé por qué no me gusta este negoceio, dijo Rebeca.

—Ni á mí, agregó el español.

—Yo no encuentro nada de particular, soy abogado, me ocupan, trabajo y ya puedo dejarte un pequeño bienestar.

—Preocupaciones, papá, preocupaciones.

—Pues ahora á prepararnos, voy á México antes de que cierren el Banco, son las tres, y á las cuatro ya no hay operaciones.

—Yo tomo el check, dijo el español, y disponga usted la marcha, vamos á hablar de un negocio también interesante.

—Como usted guste, pasemos á mi estudio.

VI

Mientras que Sequeiro y Valero hablaban, Rebeca puso unos cuantos renglones en una tarjeta y la envió violenta al despacho de Alberto.

Reunióse después con las Rosas, y fueron á tomar el fresco al jardín.

Sequeiro y el español estaban frente á frente, ambos preocupados.

Por fin, Valero quebró el hielo y dijo á su interlocutor:

—Necesito comenzar por el principio.

Nací pobre en las montañas de Santánder, mis padres, que no podían darme un porvenir, me pusieron como pasajero de proa en un buque que venía para América, me dieron, llorando, su bendición y me dijeron; recuerdo aún estas palabras:—Antonio, hacemos el sacrificio de separarnos de tí, para que busques tu felicidad que no podemos darte, sé honrado, trabajador y no te olvides de nosotros.

Valero se enjugó las lágrimas que se desprendían de sus ojos, á ese tiernísimo recuerdo.

Después, continuó, hicimos la travesía y llegamos á la Habana, yo venía en unión de otros chicos de la montaña. Allí me vieron y les parecí muy niño; no era útil para nada y nadie me quiso.

Entonces continué mi viaje para América y llegué á la casa de un señor muy rico, el señor Salmón, que me recibió con mucho afecto y me puso de meritorio en una de sus tiendas de comercio.

Aquello fué una gran fortuna para mí, porque en otra parte dan un trato brutal á los dependientes; esos ricos se olvidan de su origen, de sus miserias, son unos tiranos crueles é insoportables.

Comencé por barrer la tienda, lavar las botellas, cobrar las cuentas, en fin, todo lo que necesita un hombre para comenzar á elaborar su fortuna.

Honrado en extremo, jamás tuve una reconvención.

Es cierto que me gustaba divertirme, pasear, irme al teatro; pero me abstenía de todo con una fuerza de voluntad superior á mi edad.

El señor Salmón, me decía:—Antonio, tú harás fortuna, ya te guardo mucho de tus ahorros, con excepción de lo que mandas á tus buenos padres.

Pasaron catorce años y ya tenía un mediano capital.

Murió mi protector, á quien no sentiré nunca lo bastante; él fué mi Providencia en la hora del desamparo; murió dejándome veinte mil pesos.

Comencé por mi cuenta los negocios, y después de diez años, me encuentro con un capital de más de medio millón, y mis negocios todos en prosperidad.

Hace seis años que enviudé, pensando prolongar mi fidelidad más allá del sepulcro; pero por razón natural mis hijas deben casarse y yo quedaré viejo y solo en el mundo.... sí, he pensado casarme, y quería consultar á la amistad de usted este paso.

—Dadas las circunstancias de usted, lo creo hasta indispensable, lo difícil está en la elección.

—Creo haberla hecho como nunca lo hubiera soñado.

—Será tal vez, dijo Sequeiro, porque ya estará usted enamorado.

—No, antes de estarlo lo pensaré bien.

—¿Y podría saberse quién es esa señorita con tantas virtudes?

Valero permaneció en silencio, y después, con voz trémula, dijo:

—Ese ángel es.... ¡Rebeca!

El señor Sequeiro se levantó de su asiento violentamente.

—Señor, dijo Valero, si en esta elección ve usted un insulto, yo saldré de esta casa para siempre.

—Lo que me es extraño, dijo el

abogado, es que mi hija haya tenido
lo entereza de ocultarme, lo que debía haber.confiado al cariño de su
padre.

—Si ella lo ignora, dijo Valero; no
me he atrevido á decirle ni una palabra, he tenido miedo á una repulsa,
he querido contar antes con la voluntad de usted.

—Mi voluntad, murmuró el abogado, como si yo la tuviera.

Tocó un timbre y apareció un sirviente.

—A la niña Rebeca, que venga.

VII

—Señor Valero, dijo el abogado,
nobleza obliga; se ha portado usted
como un hombre honrado, será usted
dueño de la mano de mi hija, siempre que ella manifieste su voluntad.

—Espero resignado mi sentencia,
dijo el español.

Rebeca entró trayendo un ramo de flores en la mano.

—Siéntate, hija mía, dijo Sequeiro, tenemos que hablar de algo que se relaciona con tu porvenir.

Rebeca miró con extrañeza á su padre.

—Hija mía, dijo el abogado, la vida no corre en vano; día á día mi existencia se agota, mi energía desfallece y la hora se aproxima.

Rebeca se arrojó al cuello de su padre y lo mojó con sus lágrimas.

—Serénate, hija mía, y escúchame.

Rebeca se enjugó los ojos.

—He pensado en tu porvenir, que es mi única preocupación; pero el porvenir no está al arbitrio de los hombres, los sucesos llegan cuando menos se esperan. Oye á mi amigo y dime después tu voluntad.

Rebeca comprendió de lo que se trataba.

—Señorita Rebeca, dijo el español, estoy autorizado en presencia de usted.

—Ya lo escucho á usted con atención, dijo Rebeca.

—Hace seis años que conocí á usted; era muy niña. En su gracia y su belleza presentía á la mujer del porvenir. Yo necesitaba amar, y la simpatía que sentía hacia usted, se fué convirtiendo en amor con el transcurso de los años. Repentinamente, y como una revelación misteriosa, la ví á usted en la fiesta de sus quince años, y la amé con delirio; pero siempre en silencio.

El español pareció tomar aliento.

—Mucho, mucho he sufrido desde entonces. No me creía digno de usted, y lo sigo creyendo. No me he atrevido á revelarle el amor que ha consumido mi existencia. Yo, extranjero, burdo, sin educación refinada, sin elegancia, sólo con dinero, no podía abrigar esperanza alguna, todo aquello no pasaba de un sueño quimérico, y sin embargo, yo no podía prescindir.... ahora, ahora ya casi soy viejo!

Valero se limpió el copioso sudor de su frente, y continuó.

—He tenido martirios espantosos cuando he visto toda esa juventud elegante y llena de atractivos, rodeando á usted, pero nunca con el sentimiento casi religioso que he sentido en mi alma. Cualquiera de esos jóvenes era más digno que yo de ser amado, y esa convicción ha sido el torcedor de mi vida. Pero cuando he visto que usted no se fijaba en ninguno, que usted no entregaba su corazón, entonces he concebido una esperanza.

Una nube pasó por el semblante de Rebeca.

El español continuó.

—Yo me decía: nadie puede comprender la pureza del alma que yo he visto en su florescencia; acaso la engañarían haciendo asomar las lágrimas á sus ojos y llenando de espinas su corazón. La volverán descreída y desconfiada, y cuando yo llegue á sus plantas, creerá que soy igual á todos y me rechazará. Loco, delirante, con estos pensamientos, he callado; pero hoy, al saber que va usted á alejarse de aquí, he querido lanzar un reto á la fortuna y jugar en un solo azar mi existencia entera, la paz de mi vida, mi felicidad, porque fuera de usted, no hay dicha posible! Espero resignado, espero la voluntad de usted, me someto á su decisión.

Valero bajó los ojos, cruzó los brazos y esperó resignado la respuesta de Rebeca.

La joven parecía hundida en serias meditaciones.

—¿Qué piensas, hija mía? dijo el padre de Rebeca.

—A nuestra vuelta le daré mi contestación al señor Valero.

—Señorita, me basta no oír una negativa para ser feliz.

—Medite usted, piense que quien ha esperado tantos años sin esperanza, bien puede esperar tres meses con alguna, aunque sea lejana, dijo el abogado.

—Hay una sola cosa que está sobre todas, dijo la joven, la separación de mi padre, que me parece la más grande de las ingratitudes: dejarlo solo, á él, á él que me ha cuidado desde la cuna!

Los ojos del anciano se llenaron de lágrimas.

—No, hija, al fin ya estoy de viaje, y lo primero es tu felicidad; yo te veré de lejos, dichosa, y esto me basta; al fin son ya pocas las noches de soledad.

—¿Pero están ustedes locos? ni usted lo quiere, dijo el español, ni yo lo consentiría; aquí, á mi lado siempre, sin separarnos jamás ni un momento, pues qué ¿así se rompe la cadena de la vida? Si usted manda en mi casa, si yo no quiero vivir solo, si yo no quiero imponerles un martirio, esto sería un crímen.

Rebeca tendió la mano á Valero, que la estrechó sobre su corazón.

—Nada le digo á usted, nada le ofrezco, dijo Rebeca, sino que dentro de tres meses le daré una respuesta definitiva.

VIII

La tarde agonizaba, las nubes, doradas por el último rayo del sol, se iban oscureciendo lentamente· La lumbre comenzaba á encenderse en las casucas de los alrededores, como las estrellas de la tierra. El bosque se convertía en una masa negra, bamboleando sus gigantes sabinos, como los fantasmas de la noche.

La sombra iba envolviendo la ciudad.

La luna en su primer cuarto apenas daba un tenue reflejo, y los luceros parecían brotar del fondo del cielo.

Las pequeñas ciudades no tienen rumores, así es que el silencio comiencia con la tiniebla.

El campo, que es bellísimo á la luz del día, de noche es pavoroso; todo infunde temor, hasta los pasos de los transeuntes, los gritos de los pastores y los aullidos de los perros.

Pasaban las horas y Rebeca, á la ventana de casa, parecía contarlas minuto á minuto.

Dieron las ocho en el reloj de la parroquia.

Se deslizó una sombra á lo largo de la calle.

Era la hora de la cita.

Alberto se acercó á la reja.

—¿Eres tú?

—Sí, yo que lleno de ansiedad vengo á enterarme de lo que te pasa.

—Que vamos á separarnos, dijo la joven.

—¡Imposible! exclamó Alberto.

—Es que mañana salimos para el Fresnillo, va mi papá á un negocio de urgencia.

—¿Y por cuánto tiempo? preguntó Alberto.

—Tres meses, tres meses en que yo voy á morirme de pena.

Alberto guardó silencio.

—Yo te seguiré á donde vayas, aunque sea al fin del mundo.

—Así lo espero.

—El viaje es fácil.

—Aunque así no fuera, yo estaria á tu lado, á costa de cualquier sacrificio, murmuró la joven. Sí, Rebeca, te lo juro.

—¿Y por qué no hacer ese sacrificio para que no nos separemos jamás?

Alberto no respondió.

—Habla, dijo Rebeca.

—Tú sabes, dijo Alberto, que tengo que franquear un abismo. Las preocupaciones aristocráticas de familia.

—Mi padre tiene ahí papeles antiguos y no les hace aprecio.

—Mi familia no tiene más papeles que billetes de Banco, esta es su nobleza, pero es la que se usa en México. La herencia es libre, y ese dinero acumulado pasaría á manos extrañas, si yo no obedeciera á mis padres, y ese dinero es la base de nuestra felicidad.

—Tú tienes en mi poder una fuerte suma, dijo Rebeca.

—Es verdad, pero eso no basta.

—Eres ambicioso.

—No, pero yo tengo derecho á los bienes de mi familia y no quiero ser defraudado por el clero, á quien pasaría irremisiblemente porque mi madre es toda de la iglesia.

—¿Y no te espanta pensar en que la vida de tus padres es un obstáculo para tu felicidad y que sólo la muerte puede abrirte paso hasta mí?

—Es verdad! es verdad!

—Si yo supiera, dijo Rebeca, que sólo delante del cadáver de mi padre se alzaría el altar de mi casamiento, te vería con horror; no, eso no es honrado.

—Tú no estás al tanto de las preocupaciones, tú no sabes todos los medios infames de persecución; intentarían hasta la anulación del matrimonio, aquí y en Roma, porque están ramificados por todas partes.

—La joven se estremeció.

—Sí, en esa altura se piensa hasta en el crimen y se ven con desprecio los dolores humanos, todo es orgullo y avaricia. Mañana andarías loca, desesperada, siendo la burla del mundo, porque nadie haría caso de tus lágrimas, ni de tus quejas, y yo allá en el extranjero desterrado y vigilado por nuestros implacables enemigos.

—Pero esto es espantoso! gritó la joven.

—Tú no sabes ese tejido abominable de conspiraciones. Hace días que fueron descubiertos los amores de un joven estudiante con una niña de la aristocracia; pues bien, le pusieron un plan, y el estudiante se levantó el cráneo de un pistoletazo!

—Infamia, infamia; exclamó la joven y se cubrió el rostro con las manos.

—Mis amores ya no son un misterio y me hacen sufrir cosas horribles, Rebeca; han llegado á calumniarte!

—¿Y tú lo has permitido? dijo Rebeca con indignación.

—Yo he protestado contra la calumnia con todas mis fuerzas, pero temo que lleguen á manchar tu honra, que es tan pura como la luz.

—Sí, dijo la joven, yo tengo miedo, mucho miedo.

—¿Y á quién le tomaría cuentas si mañana un periódico pusiera una anécdota transparente y en voz baja se

urmurara tu nombre? ¿Combatir con
sombra y el anónimo?

—Calla, calla, no quiero ver ese
bismo que tenemos á nuestros piés.

—Esa gente no tiene compasión; es
mosca que todo lo mancha y lo de-
rada.

—¿Pero quiénes son esas gentes,
ara suponer que mi unión contigo los
avilece? La humillada sería yo, por-
ue cuando me vieran en carruajes
ue están deshonrados, dirían que yo
articipaba de esa corrupción aristo-
rática y bochornosa· Mi virtud era la
ue se manchaba, mi honradez era la
ue quedaba despedazada entre sus
anos.

—Sí, sí, exclamó Alberto.

—Qué pensarían, continuó la joven,
verme como un extranjero en sus
lones, sin una historia, sin una aven-
ra? Sería yo la excepción, el repro-
e que avergonzaría á todos; porque
ada hay más cruel para el vicio que
presencia de un ser honrado!

—Rebeca, me estás matando.

—¿Y qué dirías tú, cuando al verme

en esas grandes fiestas, me rodearan, para seducirme como á todas, esas perdidas de brillantes? ¿qué papel harías viendo galantear descaradamente á esta tu esposa, y empujada al adulterio y á la infamia?........ No, tú debes separarte de mí, yo quiero el amor, la tranquilidad, todo lo que tú no puedes darme.

—¡Ten compasión de mí! gritaba Alberto.

—No, tú no tienes valor para sobreponerte, tú veneras ese mundo que es el infierno de la aristocracia.

—Espera, espera, decía Alberto.

—No, inclínate delante de las rancias preocupaciones; acaba de corromperte en esa atmósfera de deslealtad y déjame, yo no puedo ser tuya.

—¡Pero si yo te amo!

—Calla, Alberto; cuando se ama no se sacrifica á una mujer; se la ennoblece, no se la pisotea, y tú me humillas constantemente, me arrojas á los pies de esos malvados, escarneces mi virtud y me degradas.

—No, no, eso no es verdad

—Yo soy el ludibrio, la befa de esa gente. Las jóvenes se rien de mí, las viejas me odian, y los hombres, que es lo peor, me compadecen! Yo no soy para tí; escoje una de esas mujeres que arrastran una cadena de amoríos, donde han dejado la delicadeza; enlázate con una de ellas; esas sí que son aristócratas, que ven el amor como una tontería, la virtud como un estorbo y la religión como un juguete. Yo pertenezco á esa clase honrada que sabe amar, que llora al ver el infortunio, que lo alivia, si no con el dinero, sí con lágrimas y caricias. Pertenezco á esa clase de donde salen los hombres de bien y las madres de familia, que alimentan á sus hijos y que no se avergüenzan de darle el seno al niño, que es la bendición del cielo; de esa clase de donde salen los hombres que le dan honra á su patria; mira á esos escritores corrigiendo las costumbres, á esos poetas, á todos los trabajadores del pensamiento, ninguno es rico, pero tienen algo que vale más que la riqueza: el corazón!

—Sí, sí, es verdad, murmuraba Alberto lleno de confusión.

—Qué diferencia entre ustedes y nosotros, allí la ambición, la hipocresía y la incapacidad; aquí el trabajo y las legítimas aspiraciones, el hogar, la ternura, la abnegación!

—Rebeca! Rebeca!

—No, Alberto, entre tú y yo; nada hay de común, despertamos de nuestro sueño, y nos separamos para siempre.

—Ten piedad de mí!

—No, yo no quiero odiosidades; aspiro á una familia que enflore sus puertas para recibirme, que me abra los brazos y no me dé el tósigo de la deshonra. No soy yo la despreciada, yo soy la que desprecio, la que me levanto, la que muestro mi frente con orgullo!

—Oyeme, Rebeca, tus palabras dejan una huella espantosa en mi corazón, yo me desprenderé de ese lazo que me ahoga, yo recobraré mi dignidad de hombre y de caballero.

—Pues bien, te doy un plazo; si no

vienes á mí sabré poner un abismo in-
sondable entre los dos: ¡me casaré!

Alberto rugió como una fiera.

—Sí, el honor debido á un marido,
me detendrá; porque ante mi corazón
es inviolable.

—Está bien, está bien, respondió
Alberto.

—Dentro de tres meses regreso, si
para entonces no soy tu esposa, ya lo
has oido, levanto una barrera, pongo
un obstáculo, ante el cual, si no me
detuviera mi honra, me detendría
Dios!

Luego la mano de Rebeca, cerró
la vidriera dejando al infortunado
amante entre las sombras de los celos
y el abismo de su situación.

IX

A la mañana siguiente la familia
Valero acompañaba á la estación al
señor Sequeiro y á su hija, que par-
tían en el tren de Zacatecas.

Dió tres silbos la locomotora y escapó el tren con la velocidad del viento, arrojando sus penachos de humo que iban dejando una faja de nubes por el cielo.

CAPITULO V

Sueños de juventud

I

Rosa-Té, era novia de un periodista.

La profesón denunciaba la pobreza.

Los hombres que viven de ilusiones no se preocupan de la realidad, sino á la hora que el dinero les hace falta.

Pasado el momento, vuelven á sus sds sueños.

Manuel Pedroza, era un muchacho de talento, poeta y exagerado en ideas.

Había estudiado en la Preparatoria y era discípulo de Gabino Barreda, esa gran capacidad, que hizo una evolución rápida en el espíritu de una

generación, con las sabias doctrinas
positivistas; porque el positivismo ha
ha proclamado el desnudo dogma de
la verdad matado el sentimentalismo, que se creía la esencia de nuestra
raza.

Ya esta generación no pensará como nosotros, que nos jactamos de estar á la vanguardia del progreso mo-
derno.

Nuestras preocupaciones vacilan
como vacila todo el presente, no se
utilizarán ni sus cimientos.

Cábenos el orgullo de haber prepa-
rado esta gloriosa metamórfosis y de
haber fundado las ideas sobre las cuales vivirán algunas generaciones.

II

Decíamos que Manuel Pedroza pertenecía á la Preparatoria. No conocía
á fondo las nuevas doctrinas, pero las
percibía y se dejaba arrastrar por el

torrente, era un apóstol, un predicador constante en la prensa y en el
club.

Manuel era muy popular, y su periódico se leía por todas partes.

Los domingos soltaba literatura, pero siempre cón alguna intención aunque pecara de extravagante.

Como todo joven asociaba sus ideas
al idealismo de un grande amor. Amaba á Rosa-Té, con idolatría.

Visitaba la casa del señor Valgro,
porque era pariente lejano de la señora, y el español tenía culto por todo lo que había pertenecido á la madre de sus hijas.

Manuel se levantaba á las siete y se
dirigía frente á los balcones de Rosa,
la saludaba, recibía una flor que ella
le arrojaba, se la prendía al ojal de
la levita y se marchaba á la redacción.

Salía á las tres; vuelta á la calle donde vivía su adorada, un saludo y hasta la tarde al obscurecer en que entraba de visita, y no salía sino á las
diez de la noche, menos cuando las

acompañaba al teatro ó á paseo á ver las alhajas de los aparadores, que estaban tan distantes de sus recursos, como las estrellas de la Vía-Láctea.

Llegaba su munificencia hasta invitarlas á tomar un helado en la Concordia, confesando siempre su pobreza, de la que hacía gala.

Rosa lo amaba tiernamente, sabía que al casarse con él su padre haría su fortuna.

Manuel recibía algún dinero de manos de Valero, siempre que hacía las crónicas del baile del Casino ó de alguna fiesta de la Colonia Española, pues Valero continuaba siendo fiel montañés.

Por supuesto, que Manuel no iba á los bailes, le faltaba la *materia prima*, el frac y los guantes, sin contar con que no tenía zapatos de charol, ni camisa apropósito, ni corbata blanca, ni *clacque* es decir, le faltaba todo: pero tenía una entereza espantosa, permanecía frente al Casino, viendo el baile por fuera, como él decía, y contemplando como sombras chinescas á los danzantes y las danzantes entre las que estaba su novia.

A las tres de la mañana salía el señor Valero del baile y le salía al encuentro el periodista.

—¿Qué andas haciendo á estas horas, muchacho? le preguntaba.

—Vengo de una junta de la Prensa Asociada, hemos discutido toda la noche.

—Ea, acompáñanos.

Tomaba del brazo á Rosa que agradecía mucho su sacrificio, y lo premiaba presentándole la frente para que la besara, lo cual acontecía al volver de cada esquina.

Le preguntaba sobre todos los accidentes del baile, trajes y personas notables. Rosa le refería con mucha exactitud todo, y al día siguiente salía la crónica encabezada de la manera siguiente: "Hemos asistido al magnífico baile" y Manuel había asistido en la calle, sin otra compañía que el gendarme, pues no había más interesados á la hora helada del amanecer.

Un periodista no necesita ver las

cosas para contarlas; un dato, una noticia, un detalle y ya está hecho todo.
Muchas veces se escriben las crónicas
antes del baile, y ha habido veces, en
que éste se ha suspendido, y las crónicas han aparecido en los periódicos.

Manuel era de esa fuerza.

A Valero le hacía mucha gracia, y
le dispensaba su protección.

III

Era un domingo por la tarde. Por
supuesto que Manuel estaba en la casa de Rosa, que no había querido ir
al paseo, para él sin atractivos.

La misma aristocracia pálida y en-
canijada caminando como en una ur-
na, con los vidrios puestos y sin res-
pirar aire puro; eso queda para la
gente de á pie, para los aldeanos, para la gente ordinaria, que no se cons-
tipa, no para esos señores á quienes
molesta el viento y la luz.

El señor Gilberto de Amaranto, petrimetre de profesión, elegante de oficio y aristócrata refinado, había sido presentado en el Casino á la familia Valero, y hacía su primera visita, con el bigote retorcido, onditas en la frente, polvo en la cara, levita abrochada, guantes lila y choclos de charol, dejando asomar el calcetín color yesca pálido.

Un vidrio redondo metido en la órbita izquierda y pendiente de una cadenita de oro. Un alfiler de esmeralda y brillantes en la corbata. El dandy estaba correcto.

Le gustaba Rosa, y como esta joven pertenecía á la *clase media*, sería para Amaranto una fácil conquista.

Rosa no podría resistir á un aristócrata tan almidonado.

Sabía los amores del periodista, pero se decía: ya tengo víctima, y emprendía el ataque con toda formalidad; quería divertirse y llegar hasta donde se pudiera, y después, víctima número dos!

Ignoraba lo que valía Rosa y de lo

que era capaz el estudiante periodista.

—Señorita, decía Gilberto, el baile de anoche estuvo suntuoso, toda la gente distinguida de nuestra alta sociedad se encontraba allí.

—¿Y qué entiende usted por distinguido? dijo Manuel. ¿O usted suponía que iban á invitar á los presos de Belén?

—Decía, caballero, que allí estaba lo que en México puede llamarse *grande!*

—Sí, contestó Manuel, todas las familias del comistrajo, todos los ricos hipotecados, todos los grandes señores entrampados, todas las damas de las tertulias, sin saldar las cuentas de las modistas y con las alhajas alquiladas en la Esmeralda.

—Eso es entrar en particularidades odiosas; no debe juzgarse sino por lo que se ve; lo demás no nos importa.

—Pero si todo eso se vé y se sabe de antemano, á eso no le llamo grandeza sino bajeza.

—Usted es liberal, es periodista,

no pertenece usted á nosotros y puede mucho la pasión en sus opiniones.

—Soy liberal, contestó Manuel, lo que tengo á mucha honra, no soy de los de ustedes, de lo que me congratulo; pero tengo el suficiente raciocinio para ver y apreciar todo lo que pasa entre ustedes.

Aquí cuando todas las fortunas no son heredadas, son de mala procedencia, y muchas.aun siendo heredadas, porque traen malas historias. Como en México no hay nobleza, la aristocracia se basa en la plata y esa está muy despreciada, ya los aristócratas valen una peseta.

Amostazóse Gilberto y respondió ya picado: —Caballero, usted insulta á la clase que da de comer al pueblo, y sobre el cual tiene, como es natural, superioridad indiscutible.

—Ya que tocamos ese punnto, diré á usted que el pueblo es el que da de comer á ustedes. El pueblo es esclavo desde la conquista, y ustedes, señores feudales, han ejercido una tiranía odiosa sobre él. No hay más que pasar la

vista por las Haciendas y ver esa turba de hambrientos desnudos regando
el campo con el sudor de su frente, y
cuando agobiados por la fatiga se ti-
ran á la sombra de un árbol, los levantan á chicotazos y después los en-
tregan á un juez para que los aniqui-
le.

—No, no es cierto, son ociosos y
abandonados, y roban al amo el sala-
rio, respondió Gilberto lleno de ira.

—Caballero, no sé lo que quiere decir *amo* esa es otra vejación; pero ustedes que se han creído amos del pueblo, después de que aprovechan sus
energías, que levantan pingües cose-
chas, lo arrojan á la miseria en esos
jacales por donde penetra la lluvia,
después de haberlos robado con *vales*
en la tienda de la finca rural, y sin
tener con qué cubrirse del frío, pre-
sencian cómo la tierra ha contestado
á sus trabajos y que todo lo absorbe
el propietario, sin inquietarle la suerte
infortunada del campesino.

—Esas son ideas socialistas, caballero.

—Sí, son ideas socialistas que yo he de predicar en los campos como un llamamiento á la equidad. Cuando el trabajador imponga á ustedes condiciones, dejarán de ser *amos*, y serán socios del trabajador, cuando él diga: «yo me llamo sudor, tú te llamas oro,» asociémonos y dividámonos nuestras ganancias, porque yo tengo derecho á ellas, entonces ustedes no tendrá más que inclinarse delante de él, acabará el vasallaje y la justicia habrá recobrado su imperio.

—Esas son ideas disolventes! gritó Gilberto, nosotros somos los señores de la tierra.

—En México menos que en ninguna parte, respondió con entereza Manuel.

—Pero esto es montruoso! gritó Gilberto, limpiándose el sudor que le corría por la frente.

—Sí, dijo Manuel, para ustedes es disolvente, todo lo que es poner en duda sus propiedades siempre vacilantes y discutidas. Nos hemos hecho independientes de España, nos falta la segunda, que es la de ustedes, y la haremos en nombre de una revindicación histórica.

—Nos apoyará la Europa! dijo con énfasis Gilberto.

—No hay temor de que suceda; ya la Europa salió silbada de América, además, el socialismo la invade por todas partes, y no tiene tiempo, sino para defenderse.

¿Y que le importan ustedes, remedo de aquellas aristocracias antiguas, que se rien al ver esas pretensiones en un país democrático como el nuestro?

—Ya hemos fastidiado á la Señorita, con nuestra polémica, la dejaremos para otra ocasión.

—Tiene usted razón, dijo Manuel, ya esa oportunidad se presentará y la aprovecharemos.

—Eso parece un desafío, dijo Gilberto.

—No parece, sino que lo es, contestó Manuel, el guante está echado, estamos sobre la arena, y veremos bien pronto lo que sucede.

—Está usted soñando, caballero.

—Ustedes son los que sueñan, ya los despertaremos.

Gilberto sonrió desdeñosamente.

—Veremos quién ríe al último, dijo Manuel, y volviéndose á las Rosas, comenzó otra conversación más amena.

—Cuenten, cuenten ustedes del baile.

—Estuvo precioso. ¡Qué de alhajas! aquello era un torrente.

—La señora de X dijo Gilberto, llevaba sobre su cuerpo más de doscientos mil pesos.

—Si les ha llevado entalegados, dijo Manuel, se luce la señora.

Gilberto aparentó no oir al periodista.

—Lo que llamó más la atención, fué el Conde Mafiori, dijo Gilberto, qué hombre tan distinguido.

—A mí no me llaman nunca la atención, los dandis, me cautivan solamente los hombres de talento.

—Sí, dijo Rosa, se distinguía en dirigir sus atenciones á la señorita de Santelices.

—¡Estaba resplandeciente! Era una de las más bellas, dijo Rosa; pero no sé porqué, cuando entró en el salón, se levantó cierto rumor que no me explico.

—Pero es muy fácil, dijo Manuel, hace un mes que la dama aristocrática se marchó con un ayuda de cámara.

—¡Jesús! dijo Rosa.

—Eso no tiene mucho de particular, observó Gilberto, en Europa sucede todos los días, no sé por qué nos hemos de escandalizar, peor era que se la hubiera llevado un empleado de contribuciones.

—Sí, dijo Manuel, hubiera sido peor para él empleado; pero ya ve usted, la alta sociedad la castiga con un rumor que nada significa estoy seguro que todos se disputaban el honor de bailar con ella.

—Sí dijo Rosa, Elisa es la más obsequiada, sobre todo el conde no la abandonó en toda la noche.

—Temería, dijo Manuel que se la

llevira uno de los marmitones qué
servían los helados.

—El mundo es mundo, dijo Gilberto.

—Sí, pero este mundo alto, es peor
que todos los mundos.

—Caballero, observó Gilberto, res-
pirá usted el odio á nuestra clase.

—Se engaña usted, me divierto
simplemente, me río de los que toman
á lo serio esas cosas. Ttodo lo encuentro muy natural, hasta que ese
conde se case con Elisa, y lleve consigo al antiguo camarista.

—Caballero, ha acabado usted por
simpatizarme, es usted un hombre de
talento.

—Soy un pobre diablo, un nadie,
pero de nada hizo Dios al hombre.

—La revolución, la revolución amigo mío.

—Son sueños de la juventud que
suelen realizarse porque ya están en
el terreno de las realidades.

—Cuento con usted para entonces.

—No vamos tras las personalidades,
perseguimos una idea social que ya
está en el espíritu de la época.

—De todas maneras tenemos que encontrarnos. Me voy, ¿quiere usted acompañarme á paseo?

—Caballero, me reservo á subir á un carruaje particular, cuando me sirva de tribuna para hablarle al pueblo.

—Es usted un Marat. Marat, caballero, la víspera de la revolución francesa, era de la servidumbre del Conde de Artois.

—Es buena cita.

Gilberto se despidió de las Rosas y saludó al periodista.

IV

Eres un energúmeno, dijo Rosa, sonriendo á su novio.

—Quise *planchar* á ese mentecato, que ha venido á enamorarte.

—¡Jesús! qué hombre!

—Era necesario que supiera con quien iba á tenérselas.

—Te vió hermosa, dulce, modesta, y se dijo: es una fácil conquista.

—Si en el baile estuvo muy insinuante con una señorita de la aristocracia.

—Ya lo sé, con Adela, que es una guapa muchacha, que tiene quemadas á todas esas viejas santurronas, con sus desplantes. Notarías qué aprecio les dispensaba á los hombres de letras; es artista y casi literata, me envía anónimos en sus crónicas y lo hace muy bien.

—¿Luego tú tienes relaciones con esa señorita?

—Sí, literarias. Es muy rica, y por ese la sigue ese tipo; no quiere dejarla escapar, aunque es muy independiente.

—Harán un casamiento de conveniencias sociales.

—Puede ser, pero el marido no debe descuidarse, porque la muchacha es lista.

—Eso, según tú afirmas, poco les importa á esos señores.

—¡Bravo! gritó el periodista, ya eres

de los nuestros, y le tendió la mano á Rosa, que se puso encendida como una amapola. Ya avanzas en ideas.

—Por el contrario, me dan susto las tuyas.

El periodista inclinó la cabeza, como si lo agobiara un mundo de ideas.

—¿Qué tienes, le preguntó la joven?

—Nada, respondió Manuel maquinalmente.

—Entonces habla, no me gusta verte así, bastante has humillado á ese infeliz.

Manuel levantó la frente como iluminada por la luz del rayo, su semblante pareció revestirse de cierta majestad y toda su actitud era imponente.

—Oye, Rosa, le dijo con voz, vibrante, que la hizo estremecer. Yo creo que el hombre no ha nacido como una planta infecunda en el desierto, que su misión providencial es aliviar la suerte de sus hermanos en esa peregrinación trabajosa al través de las sociedades. Yo he abierto el libro de la historia de nuestra raza y me he quedado espantado! Qué marcha tan dolorosa desde el primer día de la Conquista. El patíbulo, el tormento, la esclavitud, todos los azotes de la crueldad humana. Destruidos sus altares, incendiados sus hogares, el desastre por todas partes! Después un silencio de tres siglos, posternado ante las aras de un Dios, que no era el suyo, en el que no podía creer ni entre las llamas abrasadoras de la hoguera......!

Pareció detenerse el joven un instante para reponerse de la fatiga nerviosa, y continuó:

—La vindicación histórica debía aparecer bajo las mismas bóvedas del templo conquistador. Se alzó la voz de Independencia y volvió á regar con su sangre los campos antiguos, luchó con heroísmo y venció!...... Qué triunfo tan desgraciado! El feudal quedó dueño de las tierras y la raza siempre esclava y á su planta...... Varió de nombre, ya no era esclava, había tomado el nombre de libre, pero ha continuado la picota y ha seguido el látigo y la esclavitud. Antes era esclava de los dominadores, hoy es esclava de la civilización que le impone su yugo!

Manuel guardó silencio un momento.

—Es necesario salvarla en nombre del derecho. Yo, cubierto de harapos; yo, pobre y miserable, desde mi pequeñez infinita daré el grito de alarma, le diré que se levante en nombre de su fuerza, que se haga superior á su amo, qué le imponga la condición del trabajo y de la energía. La igualdad es una ley de la humanidad; el hombre está más abajo cuando se pone de rodillas; es necesario que se levante de pie para conquistar su libertad. Se siente oprimida, es fuerza que rompa sus lazos. Cuando se encare con el capital, cuando proclame el derecho al fruto y á la ganancia, entonces será igual, habrá restablecido el equilibrio, tendrá pan en su hogar y el ahorro para sus hijos. No, esta situación no puede continuar, la sociedad no puede estar compartida entre esclavos y señores........ Sí, es la primera condición, la palabra de libertad lanzada en el mismo *ingenio*. Esos ambiciosos tendrán que someterse bajo el amago de su ruina; ellos que guardan sus campos desiertos y sin cultivo, delante de las necesidades del pueblo! La mayoría se habrá impuesto sobre la minoría, que es la ley democrática!

—Manuel, tú deliras, dijo Rosa; los que han pensado como tú todos han perecido.

—Es verdad, es verdad, pero han dejado una semilla que siempre ha fecundado. Con sangre se riega el campo del progreso, para que pase vencedora la humanidad. Oyeme, Rosa, yo estoy predestinado, veo una sombra obscura en el horizonte de la vida, pero allí comienza también la luz radiante que se vuelve aureola en la frente de los mártires.

—No, no; yo quiero que vivas; qué te importa á tí el pueblo? ¿No has de poder remediarlo, es una tarea inútil, lo menos que alcanzarás será la burla y el escarnío.

—La burla y el escarnio del presente, pero la gloria del porvenir.

Recuerdo á John Brown, el primero que inició la libertad de los negros en los Estados Unidos, y eso era más fácil que combatir contra los intereses arraigados.

Lo comprendo, me señalarán como un extravagante, se me encarcelará como un perturbador, se me matará como un perro; ya es un camino andado, ya nos lo sabemos de memoria, pero yo tengo la fuerza de voluntad para dar el primer paso.

—¿Qué espero yo de tí, Mánuel?

—Rosa, tú debes perdonarme el que te haya hablado de amores, ¿cuál es tu porvenir? Mis tristezas y mi miseseria, porque hay días que los paso sin probar alimento. Mis vestidos son los de un miserable, mi vida no tiene más aliciente que tu cariño, y sin embargo, este amor es un crimen! ¿Con qué derecho te privo de tu felicidad? ¿en nombre de quién te hago desgraciada? Mi cerebro ya va perdiendo sus energías, Rosa, estoy muerto!

—No, no, dijo Rosa, cuanto tengo es tuyo, ¡tú vivirás para mí!

—No, yo no quiero ser el mendigo alimentado por su mujer; dejo á esos miserables que buscan el lujo y el bienestar haciendo el papel ridículo de no ser nadie en la casa, sino un lacayo de confianza de esos á quien su señora !⌣ da el nombre y los humilla en el naufragio de sus derechos de marido. Me moriría de vergüenza si yo fuera vestido sin haber pagado con el fruto del trabajo. Por eso me siento satisfecho, cuando llego en la noche á mi pobre cuarto, y en mi mesa de encino, y á la luz de una lamparita, me pongo á escribir; toda aquella pobreza es mía, enteramente mía, nadie me la disputa, mientras que un lecho de cortinas de seda sería ageno á mi persona; tendría miedo hasta de tocarlas.

—Que preocupaciones tan horribles, dijo Rosa.

—Las preocupaciones de la honradez, contestó Manuel. Sí, Rosa, cuando te veo resplandecer de felicidad, á tí tan pura, tan cándida, tan hermosa, soñando en nuestro porvenir lleno de nubes blancas y de horizontes azules, siento remordimientos, y quisiera que me olvidaras; yo debía haber enmudecido antes que descubrirte mi amor.

—Qué desgraciada soy! dijo Rosa, llorando amargamente.

V

El padre de Rosa había oído todo y le habían impuesto los arranques del periodista. Comprendió que aquel muchacho, alegre, haciendo burla de su pobreza, escondía á un hombre de corazón que se levanta sobre el nivel de los demás.

Comprendía que era una locura cuanto pensaba, sin negarle la razón; pero sabía que ese era el modo de ser de todas las sociedades· que aun no había llegado la hora de realizar esas tendencias sociales, y que él, joven y valeroso, iba á ser una de tantas víctimas sacrificadas en aras de un ideal.

De improviso se le reveló el amor de su hija, y le satisfizo que Manuel se alejara de la especulación. Cedió á los generosos arranques de su corazón y se propuso salvar á Manuel y á su hija, unidos por un amor infortunado.

—¿Qué diablos, de gritos son esos? preguntó Valero, entrando en la sala.

—Nada, señor, dijo Manuel, usted sabe' que me entusiasmo con mucha facilidad; no sabía que iba á molestarlo.

—No es eso, muchacho, es que la charla ha durado mucho y ya la sopa nos espera.

—Yo comí á las tres, los acompañaré solamente.

—Qué diablos, si desde hoy vas á ser mi acompañante perpetuo; necesito una persona con quien hablar; mis hijas no se ocupan más que de fruslerías y yo necesito gacetilla; tú eres periodista y el comedor será tu redacción.

Seguramente, pensó Manuel, se ha enterado de mi pobreza; he estado imprudente al revelárselo á Rosa.

—Señor, dijo con respeto, todos los días vendré á esa hora, pero yo tengo mis costumbres.

—A tu edad no hay costumbres, todo es lo mismo.

—Señor, dijo Manuel, con las lágrimas en los ojos, es usted muy bueno, bajo la mejor forma de una generosidad tan grande.... me da usted una limosna!

—Cargue contigo el infierno! ¿quién piensa en eso? ¡tú vendrás porque yo te lo mando, tienes sangre de aquella que está en el cielo!

Rosa sacó el pañuelo y comenzó á llorar al recuerdo santo de aquella madre que tanto había amado.

—Señor, dijo Manuel, nunca he abatido mi orgullo ante nadie, ni aun en mis situaciones más angustiosas, nunca me he vendido esclavo: pero ante

se gran corazón, como ya no los hay
n el mundo, caigo de rodillas y me
sclavizo!

Manuel se iba á arrodillar.

—No, en mis brazos! gritó el espa-
ol, no mi esclavo, mi hijo!

Manuel cayó en los brazos de Vale-
5, que lo estrechó tiernamente.

—¡Padre! ¡padre! exclamó Rosa, y
ayó á los pies de aquel hombre ge-
eroso.

CAPITULO VI

Estrategia.

I

El Conde Mafiori estaba en el auje de la popularidad y quería explotarla antes de que pasara el momento del entusiasmo.

Era espléndido cuando se trataba de una empresa, es decir, era un hombre en toda regla.

Ya tenía á Rebeca á gran distancia, y á Alberto en plena desesperación; en cualquier momento tomaría el tren y se alejaría el único obstáculo que al parecer se interponía á sus proyectos.

Necesitaba elementos de ayuda, y como era muy práctico en la materia, buscó algo que nunca falla entre la gente aristócrata, el *confesor*.

La opinión del director espiritual, es un Evangelio; ella desbarata los lazos más fuertes, divide á la familia, lanza á los hijos contra el padre, á la esposa contra el marido, absorbe los intereses y adquiere un dominio absoluto.

El R. P. Angelini, de la Compañía de Jesús, era el confesor de la señora Cristina de Santelices, madre de Elisa.

Era un italiano apuesto, llevaba el crucifijo á la cintura, como una pistola de Colt; tenía mucho talento; actuaba en la Profesa, predicaba bien, y era el ídolo de las devotas, que lo seguían á todas partes.

Reservado como todos los jesuitas, aparentaba plegarse á todas las situaciones.

Era el todo en la casa de Santellces, su opinión decisiva para los negocios, de lo que siempre sacaba provecho.

Un día de cada semana iba á la me-

sa del banquero; á la señora la recibía en el confesonario todos los días;
la estaba encaminando á la salvación.

Cristina le había consultado sobre
las pretensiones del Conde Mafiori, y
él aplazaba la respuesta; lo iba á me-
ditar, se trataba de la salvación de
una alma.

El jesuita lo que esperaba era la visita del Conde.

Conocía bien á los especuladores y
sabía de antemano á qué medios ocu-
rrían para llevar adelante un negocio
de esa magnitud.

El R. P. se encontraba en su casa,
decorada perfectamente por cuenta de
beatas ricas; allí lucían sus espléndidos regalos.

Vasos sagrados con pedrería, para-
mentos de tisú, candelabros de oro finísimos y curiosidades de todo género pero de mucho valor artístico, como un precioso Cristo de marfil
pendiente de una cruz de ébano con
incrustaciones de oro.

Sobre la mesa había una caja de

pólvos de filigrana de oro con brillantes y rubíes, una gran cruz de solitarios, y un anillo riquísimo.

El R. P. Angelini se arrellenaba en un magnífico sillón con bordados de sedas de colores, y descansaba sus pies en una gran piel de oso blanco.

Leía las cartas qué el Conde Mafiori dirigía á la hija del banquero, enterándose de sus más simples detalles.

—Es hábil este hombre, murmuraba, bien vale la pena un millón de duros.

Quedóse pensativo un momento, y luego continuó—Ser el árbitro de esta fortuna, estar pendiente de una palabra mía, que es un mandato, y dejarla salir ilesa.... nó, esto debe pensarse y continuaba leyendo.

Sonó el timbre, y el jesuita volvió la vista á la puerta, por donde penetró su ayuda de cámara, que le entregó una tarjeta.

—El es, dijo Angelini, díle á ese caballero que pase.

A pocos momentos se presentó el Conde Mafiori.

—¿Tengo el honor de hablar con el R. P. Angelini, confesor de la Sra. de Santelices?

—A las ordenes de usted, señor Conde, dijo el jesuita, mostrando en su actitud que iba á habérselas con un buen adversario, á tratar de poten cia á potencia.

El aventurero sabía muchc. Tomó la mano al jesuita y se la llevó á los labios.

—Tome usted asiento, dijo al conde.

—Gracias, señor, y acercó una sila, poniéndose frente al Padre.

Hubo un momento de silencio, en que el jesuita sentía una gran complacencia, teniendo al conde en una situación embarazosa.

. —R. P., dijo Mafiori, voy á ser explícito en el negocio que me trae á la presencia de usted.

—Así lo espero, respondió el jesuita.

—Soy extranjero en este país, continuó el conde, y uste sabe la desconfianza que entraña á primera vista un desconocido.

—Es verdad.

—Necesita uno buscar un gran concepto que nos ayude; como mi confidencia íntima podría ser sospechosa, desearía me recibiera usted en confesión, para que pueda usted llegar á los últimos horizontes de mi alma.

Es un bribón, pensó el jesuita, y luego en voz alta dijo:

—No lo creo necesario, hable usted y nos entenderemos con más facilidad.

—Nos entenderemos, pensó á su vez el aventurero, estoy listo. Decía, R. P., que necesito del auxilio de usted para realizar una idea en la cual se compromete mi felicidad.

—Eso es muy serio, contestó el jesuita.

—He venido á México, traído por unos negocios de importancia, y de pronto he tropezado con una mujer.

—Son malos tropiezos, dijo Angelini.

—Quién sabe, contestó el aventurero. Es el caso que yo la amo; ha hecho un estrago en mi alma y quiero casarme.

—En eso no encuentro dificultad alguna, dijo el jesuita, ni creo necesite usted de mi auxilio.

—Diré á usted. Esa mujer pertenece á nuestra clase, es aristócrata como usted y como yo; pero siendo dueña de un gran caudal, mis pretensiones aparecen como sospechosas.

—Siendo usted rico, dijo Angelini, nada hay que temer.

—Pero yo no puedo poner á todo el mundo al tanto de mis negocios; creerán que yo miento, suponiendo una situación que no es cierta.

—Ese es el peligro, murmuraba el R P.

—Este es el momento en que solicito la ayuda de usted.

—No encuentro modo de impartirla, valgo tan poco.

—Es que se trata de la señorita Elisa de Santelices, cuya casa está bajo la dirección espiritual de usted.

—¿La señorita de Santelices? ¡ah! ya, es una familia muy honorable y muy acomodada por cierto; pero usted puede indicarme, señor conde, la acción que yo debo ejercer, porque todavía no comprendo; y usted perdone, pero para mí es tan desconocido como para la familia de Santelices.

—Pues trabaremos conocimiento, R. P., haremos las amistades.

—Como usted guste, señor conde.

—Para alejar toda idea de interés, yo debo hacer una manifestación.

—¿Y cuál puede ser esa manifestación, señor conde?

—Quiero hacer una fundación.

—Ya eres mio, pensó el jesuita.

Mafiori continuó:

—Quiero levantar un templo, donde usted lo juzgue conveniente, y pongo á la disposición de usted desde luego para esa obra meritoria, cincuenta mil pesos.

Brillaron los ojos del jesuita, lo que no pasó desapercibido para el aventurero.

—Me parece bien pensado, dijo Angelini, pero México tiene ya muchos templos.

—Entonces usted eligirá el lugar y

la oportunidad de comenzar la obra; yo cumplo con hacer la fundación.

—Y decía usted que desde luego..

—Aquí está el cheque para el Banco de Londres.

—Señor conde, dijo el jesuita, estoy á las órdenes de usted y puso el cheque en una preciosa cartera de nácar que guardó cuidadosamente bajo su sotana.

El aventurero respiró.

—Se trata de que usted arregle todo lo concerniente á esta boda, y lo más pronto posible. Necesito para mediados de este mes tomar el vapor de Inglaterra, necesito con urgencia estar en Europa al comenzar el mes de Julio.

—Todo se arreglará á medida de vuestro deseo.

—Si se ofrecen algunos gastos, puede usted recurrir á mí, que serán cubiertos de preferencia.

—Hay algo de eso dijo el jesuita, yo le avisaré á usted.

—¿Y cuándo podremos vernos?

—Ahora mismo dijo el jesuita voy

á hacer llamar á Cristina y usted presenciará la conferencia.

—Esto es más de lo que esperaba, murmuró el conde.

El jesuíta se acercó á la mesa, tomó una pluma de oro y la mojó en un tintero de plata, escribió algunos renglones, cerró la cubierta y envió la carta á la señora Cristina de Santelices.

—Aquí hay periódicos del día, puede usted distraerse mientras llega la señorita, y yo la preparo para la conferencia.

—Está bien, dijo el conde.

—Dejo á usted un momento, medite sus palabras porque las señoras son susceptibles.

—Me jacto de conocerlas, contestó el Conde y saludó respetuosamente al R. P. Angelini.

II.

Luego que Cristina recibió la esquea del jesuíta, bajó precipitadamente ja escalera y se entró en el coche, que

á todo escape se dirigió á la casa del
R. P. Pasa, hija mía, le dijo el jesuita,
que tenemos que hablar de un negocio muy serio.

—Estoy asustada R. P.

—Cálmate, no hay nada de particular sino que se trata de tu hija.

—Es que la he dejado en casa.

—No, si no es que haya vuelto á
escapar, es que yo velo por su porvenir.

—Es usted tan bueno, R. P.

—Oyeme, hija mía, le dijo el jesuita, tomándole una mano y acaricián-
dola suavemente.

Es cierto que en la aristocracia nada hay escandoloso, que no tiene las
preocupaciones exajeradas de honradez que la clase media, donde todo se
vé por vidrio de aumento; pero es necesario no chocar con las costumbres
de esa gente que forma la mayoría.

—No entiendo padre....

—Voy á explicarme. Elisa necesita
un marido que cubra la pasada historia del camarista; diablo de muchacha, y he pensado aprovechar una,

grande oportunidad que se nos presenta. Tú me has consultado sobre las pretensiones del conde Mafiori, ¿no es verdad?

—Sí, quiere casarse con Elisa.

—Pues bien, yo he citado al conde, he inquirido sus intenciones, he querido ver si lo afecta el interés ó lo lleva una verdadera pasión; porque te confieso que á primera vista me indigné creyendo que se trataba de un negocio; pero tengo el gusto de decirte que el conde es un hombre honorable y que está enamorado de tu hija, que es bellísima, al fin hija tuya que eres tan hermosa!

—Y qué determina usted R. P.? dijo Cristina bajando los ojos para no sentir las miradas del jesuita.

—Tenemos una dificultad.

—¿Cuál es?

—La de decir al Conde lo que ha pasado; no vayamos á tener un escándalo el día de la boda.

—Es verdad; ¡qué vergüenza!

—Hija mía, esas son las debilidades humanas, ¿quién puede librarse d' ıllas? ni este broquel que yo llevo es sapaz de separarnos de ese abismo; pero es necesario dar un paso arriesgado, confesarlo todo al Conde, después de exigirle el juramento del secreto.

—No sé lo que pensará Elisa ni su padre.

—Ese es negocio mío, por ahora hablaremos con el Conde; ahí está, ha venido á pedir mi protección.

—Dios mío! y sabe que estoy aquí?

—No, pero le diré que has venido á consultarme un caso de conciencia y que he aprovechado la oportunidad.

—Está bien.

—Pasemos á mi estudio, hija mía, y ten entereza, se trata del porvenir de esa pobre víctima.

—Vamos R. P.

Entraron los dos al aposento que ya conocen nuestros lectores, donde el conde estaba leyendo los periódicos.

—Señora, dijo el conde, adelantándose y tendiendo la mano á Cristina; con cuánto placer tengo el honor de saludarla.

—Gracias, señor conde.

—Por aquí, señora, estará usted más cómoda, y le ofreció el sillón del jesuita.

—No, no; ese es el asiento del R. P.

—No importa, hija mía, aquí todos los asientos son míos; nadie me visita sino rara vez.

Sentóse la señora de Santelices, y se abrió la conferencia.

—El señor conde, dijo Angelini, á quien acabo de recibir en confesión, ha abierto su pecho á grandes confidencias, y con la sinceridad de hombre honrado me ha dicho sus pretensiones, acerca de tener el honor de entrar en la distinguida familia del señor Santelices.

—Es verdad, señora, dijo el conde no solo la honra, sino que sería la felicidad de toda mi vida.

—Bien, dijo el jesuita dando un suspiro, pero hay obstáculos que solo el amor los allana y la generosidad los salva.

—No comprendo, dijo el conde.

Cristina se llevó el pañuelo á la frente.

—Señor conde, antes de entrar en explicaciones, debo exigir de usted un juramento que hará delante de este Santo Cristo, de guardar eternamente en reserva lo que voy á decirle y no revelarlo nunca.

Levantóse el conde, que era un gran actor, y tendiendo la mano, dijo con solemnidad:

—¡Lo juro!

—Sé que sois cristiano y honrado, y que no faltaréis á ese juramento.

—¡Nunca! dijo el conde.

—Entonces, oidme.

—Ya escucho á usted.

—La inexperiencia de la juventud es confiada cuanto inocente y en eso está el peligro; la maldad acecha como una fiera, y devora el seno más puro.

Esa niña á quien usted ha elegido para esposa, ha tenido una de esas vicisitudes espantosas, que si no fuera por la atmósfera en que vive, estaría cubierta de vergüenza y de oprobio, pero la aristocracia es indulgente y ya está perdonada.

—Continúe usted, continue usted, R. P., decía el aventurero, cuando ya se sabía de memoria lo que le iban á referir.

—Señor conde, Elisa ha sido engañada!

—¡Dios mio! exclamó el conde y se cubrió el rostro con las manos. ¿Pero dónde está ese hombre? yo quiero matarlo!

—Caballero, continuó el jesuita, ese hombre no existe, porque Elísa nunca ha amado. Un camarista vil, un insensato se aprovechó de la sombra y consumó una falta inaudita y salvaje.

—¡Qué horror! exclamó el conde.

—Ya ve usted, dijo el jesuita, que aquí no hay pasiones, ni corrupción, ni vicio, sino fatalidad.

—Caballero, dijo el conde, ahora me interesa más esa inocente, y declaro que el infortunio no será un obstáculo para un matrimonio; mi alma es el abrigo de la desgracia. esa alma está pura, es inviolable para mi cari-

ño, yo haré enmudecer á la calumnia!
La Sra. Santelices se conmovió ante
tanta generosidad y tendiéndole la
mano dijo al conde:

—Es usted digno de mi hija.

—Gracias, señora, y no volvamos á
hablar de esto. El R. P. que es un ángel para la familia, me hará favor de
asociarme á usted para hablar al Sr.
Santelices, y consultar la voluntad de
la señorita Elisa. Yo espero resignado
mi suerte.

—Adiós, dijo el jesuita, fiad en la
Providencia, que favorece siempre á
los hombres honrados.

III

Luego que el conde se encontró en
su casa, pudo entregarse á sus cálculos. Un millón de pesos! no lo había
soñado nunca; iba á ser dueño de una
inmensa fortuna. El jesuita era una

palanca poderosa, el negocio estaba hecho. Con sus ganancias en el juego había conquistado al confesor. Ahora dejaba correr los sucesos.

Era necesario alejar á todo trance á Alberto. Escribió á una persona del Fresnillo, para que pusiera un telegrama de parte de Rebeca, llamándole urgentemente. En los días de ausencia se arreglaría el matrimonio, porque el conde estaba temeroso de que se descubriera su jurado por estafa.

Cristina salió media hora después de la casa del jesuíta y se encerró con el señor Santelices.

Le contó cuanto había pensado y el banquero quedó conforme. No creía haber encontrado un hombre tan poco delicado en un plazo tan breve.

Dotaría á su hija por el momento; la cuestión de la herencia sería para después.

Llamaron á Elisa.

—Hija, dijo el banquero, el señor conde Mafiori pide tu mano, eres rica, te falta un título y lo compras, esto es todo.

Es verdad, dijo Elisa, pero ese hombre me es repugnante, no sé por qué lo abomino.

—En la aristocràcia, hija mia, no nos detenemos por tan poco; el amor, las simpatías, no entran en nuestras combinaciones; ese sentimentalismo se queda para la clase media, que se entretiene con las pasiones, como si sirviesen de algo. Necesitamos que seas condesa, es un buen título para hacer gran papel en el mundo y por ahora nos conviene; además, te devuelve el honor, arrebatado por ese diablo de Robertito; ya se lo dije y está conforme.

—Entonces es un marido que me conviene, pueden decirle que consiento en el matrimonio.

—Tu dote, hija mía, quedará en tu poder y sólo con tu firma se pagarán los libramientos, es necesario que te defiendas por si el Conde ha pensado en tus intereses.

—Ya lo creo, dijo Elisa, no hay cuidado, que no tocará un céntimo, veremos cómo se porta.

—Sí, no hay que decir nada ántes del casamiento.

—Ni una palabra.

—Hija mía, dijo Cristina, es necesario ocultar por ahora todo á tu hermano, porque está furioso y ya sabes que en un arrebato puede dejarte viuda ántes de casarte.

—No sé qué diablo de enredo trae ese tonto; dice que ha de perder al conde.

—Necedades y majaderías, dijo el banquero.

—Elisa, haremos los preparativos con mucha reserva, iremos á casa de la modista para escoger las telas más ricas: quiero presentarte esa noche con el lujo de una condesa.

—Lástima que el conde sea tan feo, dijo Elisa.

—Hija, mía, observó Santelices, los condes no son feos nunca.

—Menos cuando son feos, papá.

— Cristina, pide cuanto necesita nuestra híja; la caja está á tu disposición, ya sabes que yo no puedo ocuparme seriamente de estos asuntos.

—Sí, sí, nuestro director el R. P. Angelini, conseguirá la Capilla del señor Arzobispo; necesitamos un arzobispo de toda necesidad, hija mía, qué íbamos á hacer sin Arzobispo? Además un carruaje nuevo y muchos azahares para tí, para los lacayos, para los caballos, todos han de ir de flores blancas, como la novia.

—Dilataremos tres días nuestra contestación, dijo Elisa, no vaya á creer ese señor conde, que aceptamos con tanta precipitación.

—Tienes razón, hija mía; sobre todo, no quiero precipitaciones, el dote es asunto muy serio.

—Si ha supuesto lo que va á recibir, dijo Elisa, buen chasco se está llevando.

—Eres terrible, hija mía, dijo Cristina.

—Mamá, todos los días vemos lo que pasa, ¿no hay aristócrata tronado, que por un brillo falso, entrega sus capitales á esos vampiros?

—Es verdad, hija, dijo Santelices y yo no qdiero tener un gandul desarrapado á quien alimentar; hay gente que no sabe más oficio que el de marido.

—Pues que los guarden para otra oportunidad, dijo Cristina; además, este hombre te llevará á Europa y no sabemos que suerte correrás.

—Conozco la línea trasatlántica y el camino de México; no hay temor de que me pierda.

—Esta es una chica de provecho, dijo Santelices, besando á su hija.

Veremos los regalos de boda, dijo Cristina, han de ser espléndidos, porque ese conde es muy rico.

—Mejor, dijo Elisa, aguardaremos. Si resulta de otro modo, lo despacho con viento fresco, y á otra cosa.

—Cristina, dijo Santelices, tu director se ha portado muy bien, necesitamos hacerle un obsequio.

—Ya había pensado en ello, dijo Cristina.

—Es necesario retener á nuestro lado á ese hombre; siempre un confesor de esas polendas da una alta idea y en el mundo todo es negocio; él me-

dra con nosotros, nosotros con él, esta es la historia de las conspiraciones.

—Es muy bueno.

—Sí, todos los jesuitas lo son; no
hay que quejarse. A los altos señores
nunca les ha faltado un consultor ecle-
siástico á su lado.

Es la envidia de todas las familias.
Tu silla en el presbiterio te colocará
sobre los demás. En los tiempos feudales se usaba también un verdugo.

—Lástima de esos tiempos, dijo
Eilsa, dice bien el padre Angelini, hemos perdido mucho con la revolución.

—Hemos ganado, porque ya no necesitamos más títulos que el dinero para ser aristócratas. ¿De qué sirve la
nobleza sin dinero? De irrisión y re-
chifla popular. Dinero y dinero, esta
es la grandeza; ya vez al señor X, vino al país sin calzado, con una boina
catalana y á barrer la calle; hoy es
un potentado y tiene hasta la Cruz
de Carlos III. Al señor Z lo conocí
vendiendo manta, de mercader ambu-

lante; hoy es riquísimo y tiene la cruz
de la Legión de Honor, y todos lo saludan y se inclinan delante de él. Es
cierto que tenemos que sufrir los epi-
gramas de la clase media; pero eso
no importa, nos imponemos, reina-
mos, somos todo aunque no hayamos
valido nada. Yo era escribiedte de
una notaría, allí comencé mi carrera;
hoy ni yo mismo me conozco. Como
este país está tan recién salido de la
monarquía, todavía tiene la idea de
la aristocracia muy arraigada; no hay
liberal que enriquezca, que no se haga aristócrata, que no tenga lacayos
y cruces; esta es una comedia muy divertida. Estos liberales son como los
hombres de nuestro pueblo, los llevan
á los cuarteles, y cuando les ponen el
fusil en la mano, gritan: ¡Atrás el
paisanaje!

—Papá, ¿y qué me dices de los no-
bles de allá, que pasan el mar trayendo en su equipaje por única prenda,
su título?

—Aventureros todos, en pos de una
especulación y de los cuales es nece-

sario defenderse. Afortunadamente nuestro conde trae fondos.

—Ya no me acordaba de ese tipo, dijo Elisa. Pobre hombre, insisto en que es más feo que Cuasimodo; esa es la pena qne voy á tener.

—Feo como es, dijo Cristina, todas se lo han disputado.

—Es què aquí se disputan á todo extranjero.

—Tienes razón, dijo Santelices. pero ya la conferencia ha sido larga; tu matrimonio está resuelto, y dentro de ocho días serás la condesa de Mafiori

IV

Cuando en la clase media piden á una joven en matrimonio, es un día de aflicción; se va aquella ave y deja decierto el nido de sus padres, donde ha crecido, llena de amor y de cuidados.

Se va para siempre aquella hija del alma y se piensa en su porvenir y hay lágrimas de ternura! Nadie piensa en el interés, todos se preguntan si ella ama y si la aman!...... Sobre aquella unión caen las bendiciones del cielo y las dulces aspiraciones de las almás generosas!

Así fué la unión de nuestros padres, así fué la nuestra, así será la de nuestros hijos!

CAPITULO VII

Sobre el abismo.

I

Alberto á pesar de amar hondamente á Rebeca, fué á consolarse de la ausencia entre *bastidores*.

El teatro es un mundo aparte, que ni aun sospechan los que no han entrado á un escenario.

No hablamos del *bajo foro*, lleno de corrupción de la última clase.

El foro tiene también su aristocracia.

Allí se transforma la mujer: sus ricos trajes, sus alhajas, sus afeites, la hacen la más bella de las criaturas.

Intérprete de los grandes talentos, se dignifica en lo grandioso de la escena, interpreta las pasiones, conmue-

ve, electriza á un público, lo transpor-
ta á otras regiones y se hace aplaudir
y amar de hombres y de mujeres bajo las bóvedas doradas del coliseo.

Cuando se presenta una gran artista en el proscenio, arrebatando con
los ritmos de su garganta, acompañadas de las inspiraciones de Verdi y
Meyerbeer, hace estremecer todos los
corazones y latir todas las arterias.

Allí se producen todas las grandes
pasiones acompañadas de las catás-
trofes.

Cuando la artista, después que ha
concluido el espectáculo, se tiende en
el confidente de su cuarto, envuelta
en la cachemira de una bata, entre
las flores que han arrojado á su planta y está rodeada de sus adoradores
satisfecha de sus triunfos, comienzan
sus afecciones intimas y á su vez sue-
ña con un mundo de ilusiones y de
poesía.

Su alma de artista sublima su amor
y su corazón de mujer lo levanta.

La mujer del gran teatro no vive
en el mundo real, va tras de la qui-

mera, en pos de lo inesperado, no piensa en el mañana.

Hoy una aventura, mañana un triunfo, más adelante un desengaño, siempre soñando, siempre el delirio constante de la vida.

No hay amor más peligroso que el de esas artistas que recorren el mundo, que son como las aves, que no se posan en la misma copa de un árbol, que están hoy en México, mañana en París, luego en Milán, sin detenerlas la lejanía ni los peligros del océano.

No obstánte, hay quien siga esa cruzada peligrosa, quien juegue el todo por el todo y siga la eventualidad inquieta de su destino.

Pero esas aventuras terminan intempestivamente.

La artista concibe otra ilusión, se apasiona de otro hombre, ó se fastidia del mismo, y entonces el desgraciado que la ha seguido, ó tiene que desandar el camino.

El amor de una mujer de teatro, debe ser de un día y ese día es tan tam-

pestuoso, que se sale de él con dificultad.

Página única, que debe borrarse en
seguida, para no volverla á abrir nunca; porque esas mujeres son como las
golondrinas de Becquer «no han de volver.»

II

Carolina Estella, era la *prima dona*
de una gran compañía de Ópera; traía
una fama europea y su garganta era
un nido de ruiseñores.

Había nacido en Roma y su cuerpo
y su cabeza parecían modelados en
los talleres de Miguel Angel.

Se ataviaba con lujo parisiense, ma-
taba con una mirada y envenenaba
con una sonrisa.

Había llevado siempre una vida
aventurera á la alta escuela.

Lo más grande de la elegancia de
París le había hecho el amor.

Los lances se contaban por ruinas.

Había jugado en Baden y á fuerza del trato con el gran mundo, se había hecho notablemente encantadora, conocía todas las formas de la seducción.

La *caza del viejo* era su arma favorita; á los jóvenes los subyugaba desde luego; era de riesgo.

La noche á que nos venimos refiriendo había cantado brillantemente, y tenido una espléndida ovación.

Una joven, también bellísima y que se ostentaba como la reina de la hermosura en un palco del proscenio, le había aplaudido con entusiasmo, hasta arrojarle un ramo atado con un pañuelo de Bruselas.

Se había establecido una corriente entre aquellas dos imaginaciones exaltadas.

Al desatar Carolina, el pañuelo, se encontró con una tarjeta que decía: "Esperadme mañana á las diez."

—Esperadme mañana, á las diez, murmuró Carolina; y guardó cuidadosamente la tarjeta.

Entró en el cuarto Alberto, en los momentos que la artista estaba para dejar el teatro.

—Si usted me permite que la acompañe, dijo el joven, sería una grande honra para mí; el carruaje está á la puerta.

Carolina por única respuesta se asió de su brazo y salió por entre las filas de los concurrentes, que tendidos en el pórtico esperaban su salida.

La artista saludó coquetamente á sus amigos, comprendiendo que le daba un triunfo á Alberto, que comenzaba á interesarle, con mengua de un barítono milanés, á quien había conquistado en un descuido.

El barítono Picolini, era un buen mozo, que cantaba á toda perfección; pero era algo gordo y esto desencantaba á la Stella, que apesar de cultivar relaciones amorosas con él, no lo encontraba muy artístico.

Carolina les había dicho á sus compañeras que era su *amante de viaje.*

En efecto, este hombre era el preferido en las travesías, siempre que no hubiera un pasajero elegante ó un capitán de navío que arrastrase su atención.

El artista lloraba á lágrima viva; pero si se enojaba, Carolina pediría su separación y perdía *tuti*, así es que se conformaba con su suerte y esperaba casarse algún día.

Para seguir el *via-crucis* del matrimonio, sería *primo dono* como les llaman á los maridos de las tiples.

Carolina no se acordaba ni de olvidarlo.

Alberto era su conquista del momento y se entregaba á ella por completo. Le habían dicho que estaba enamorado y este era otro ajenjo para su empeño.

Entróse en el carruaje y se tiró en el asiento como fatigada por el trabajo.

Reclinó la cabeza sobre el hombro de Alberto, diciéndole: perdonad amigo mío, pero estoy muy cansada.

Alberto sintió sobre su pecho aquella cabeza encantadora, percibía el perfume de sus cabellos negros, sentía el dulce calor del aliento, que aspiraba con pasión.

Tímidamente rozó con sus labios la frente de la artista.

Esta aparentó estremecerse.

Entonces Alberto, tomó una de las manos de Carolina y la oprimió cariñosamente entre las suyas.

—Yo amo á Ud., Carolina, dijo con voz apagada.

— No puede ser, murmuró Carolina como contrariada.

—Sí, Carolina, mi pasado ya no existe; olvido todas las quimeras del corazón, para dar paso á este cariño inmenso que abarca mi existencia entera.

—Ilusión de un momento, dijo la artista.

—No, no es ilusión, es que amo como nunca he amado, es que mi ser se regenera ante Ud., que daría mi vida por una sola sonrisa, por una sola promesa de esperanza.

—No lo creo, dijo Carolina.

—No hay mas que probarlo.

—Bien, veremos.

—Es que yo no puedo permanecer en esta angustiosa espectativa; necesito una palabra, alguna luz en este mundo de tinieblas que me rodea; porque este amor se sobrepone á todo y se abrasa en el fuego de los celos; esta noche he visto á ese hombre acercarse demasiado durante la representación y manifestar su amor como una verdad.

Carolina se echó á reir.

—Pobre loco, dijo con una voz dulce y adorable, no sabe que en el teatro es todo mentira, que se besan las mujeres que más se aborrecen, que se estrechan á los hombres que más se detestan, que esas escenas son las exigencias del arte y nada más; que esa intimidad se convierte en desprecio, en odio muchas veces y que precisamente esa estrechez prescrita, ese amor de libreto, aleja el verdadero cariño y hasta las simpatías de amistad y compañerismo. Cuando vemos junto á nosotras, á un hombre disfrazado de armadura ó enseñando las abominables pantorrillas envueltas en unas mayas, no podemos menos que entregarlos al ridículo, mientras el público aplaude á rabiar. Sobre todo un mismo tenor y un mismo barítono todos los días, es para morirse de hipocondría.

—Puede ser que tenga usted razón, dijo Alberto, pero yo estoy celoso mientras no tenga la correspondencia de usted, la certeza de que me ama.

—Tontuelo, dijo Carolina, estrechándole la mano; no conoce usted que si no lo amase, no estaría en este carruaje, ni le permitiría permanecer á mi lado, ni llevar sus labios á mi frente? estos hombres quieren que todo se les diga con la boca.

—¡Carolina! exclamó Alberto; pero es verdad todo lo que usted dice? ¿Es cierto tanta felicidad?....... ¡No, no puede ser...... eso sería mucho para mí!

Ya es mío, pensó Carolina, y luego encarándose al joven, le dijo:

—Le declaro á Ud. que estoy celosa.

—¿Y de quién? preguntó Alberto.

—De una joven que se llama Rebeca, y le prohibo á Ud. que la vuelva á ver.

—Señora. está muy lejos de aquí, no tenga Ud. temor; además, yo no pienso en nadie mas que en Ud., yo no sueño sino con sus ojos, yo no hablo sino por sus labios.

—Caballero, una italiana es terrible en su amor, si mañana supiera que Ud. me traicionaba, daría un escándalo, ¿que me importa la sociedad? ella me absolvería y si nó, peor para ella, yo no pongo mi corazón bajo el imperio de las preocupaciones sociales, amor es amor, piénselo Ud., una vez resuelto, está echado nuestro destino.

—Lo acepto con toda mi alma, dijo el joven subyugado enteramente por aquella mujer terrible.

—Entonces, ¡hasta la muerte! gritó Carolina.

—¡Hasta la muerte! repitió Alberto posando sus labios en la boca ardiente de la *prima dona.*

III

Alberto dejó á Çarolina en su hotel y se fué en dirección á la Concordia, donde le esperaban sus camaradas.

. Cuando se encontró solo en la calle y en el silencio de la noche, pensó en Rebeca.

¿Qué sería de aquella mujer tan buena y tan pura, traicionada vilmente en su cariño?

Recordó sus horas de amor á las rejas de aquella ventana · cubierta con la sombra de los fresnos, su ternura apasionada, su casto interés, sus palabras que caían como gotas cristalinas, mientras que las de la artista eran las chispas de un incendio.

Rebeca, que como un pájaro no había abandonado el nido, conservándose inmaculada en los primeros y rosados horizontes de su existencia.

Qué hermoso el primer albor de las almas, los primeros celages de la ino-

cencia, los primeros resplandores del
espíritu!

Qué diferencia entre el ímpetu des-
encadenado de las pasiones, la violencia desconcertada de esas almas, en
el torrente del vicio y dè la corrupción. La pantera desgarra todo, secas
las fauces y los hijares palpitantes y
la paloma blanda y amorosa con sus
arrullos de cariño y de inocencia!

Qué comparación entre esos corazones, que como láminas de fotografía han reproducido cien imágenes y
borrados otras tantas; con esos corazones, que no aman si no una vez en
la existencia y se apagan como una
lámpara para no volver á resplandecer.

Y no obstante, esas mujeres hijas
de la deslealtad y engendro de la vil
traición, son las que producen las
grandes pasiones, como los astros
despiertan las tempestades del océano
y los céfiros apenas mueven el cáliz
de las flores.

Hay hombres que están predestina-
dos para esas tormentas y Alberto era
uno de ellos.

Arrojó un velo sobre aquel amor, lo creyó hasta insípido y demasiado candoroso, hasta los jardines donde había conocido á Rebeca, les encontró mucho de pastoril y de inocente.

Se vió ridículo como un trovador de la Edad Media, á la reja de una cautiva.

El platonismo, que era su encanto, se transformaba en un ideal estúpido y sin atractivo, y después las pretensiones de un enlace para completar el cuadro de familia enteramente vulgar y estravagante.

¡Qué extrago había hecho Carolina en el alma de aquel desdichado!.... Todo lo horrendo había desaparecido y no quedaba más que la pasión impura con sus asquerosos detalles, un amor de infierno en la abrasadora llama de las pasiones insensatas; la bruma sobre la conciencia, el desprecio por todo lo noble, la exaltación del vicio y de la mentira.

Cambiaba un porvenir de paz y de virtud, por la herencia desgraciada, por el despojo más bien. de todo lo que los hombres habían atropellado.

Pero estaba bajo el hechizo y no era posible arrancarlo, hasta que la descarnada mano del desengaño no viniera á despertarlo de ese sueño insensato; pero entonces ya no encontraría más que el paraíso perdido de aquellas frescas y puras ilusiones.

Las lágrimas de Rebeca caerían como gotas de fuego, una á una, sobre el vaso de su alma hasta rebosarlo.

La buscaría en las tinieblas de la desesperación y no la encontraría.

¡Hay almas que no se recuperan nunca! ¡Engañar á una mujer, es asesinar un corazón!

¡Hay crímenes que no se condenan en el Código Penal, pero se sentencia en un tribunal más alto, en el de la conciencia humana!

IV

Entró Alberto á la Concordia, y fué saludado por sus amigos con una sal-

—Señores, buenas noches.

—Sí, dijo Carlos, y tan buenas que nos has dejado á la luna de Valencia; eres un Guillermo el conquistador.

—He acompañado á una dama, eso es todo.

—¡Maldita sea tu compañía! gritó otro, ya te llevaste la palma; Carolina es encantadora, debes estar orgulloso de tu victoria.

—Si no hay nada, decía Alberto.

—Por si hubiera, gritó Carlos, traigan champaña, que pagará Alberto; nos la debe y se lo exigimos por derecho.

—Eso es otra cosa, pago el champaña y cuanto pidan.

—Pero estas botellas las destapamos para nosotros y todos los concurrentes.

Como ya eran las dos de la mañana, sólo había tres ó cuatro personas en el establecimiento, entre ellas el barítono, que todo lloroso y cariacontecido daba sorbos á una taza de té.

—Caballero, venga usted á tomar una copa.

—Yo no bebo, dijo el barítono.

—Pues tendrá usted que beber, dijo Alberto por humillar al barítono.

—Gracias, gracias, decía el cantante.

—Pues usted tiene la obligación de acompañarnos, señor; sería un desaire el que nó aceptara esta invitación.

El barítono comprendió que se trataba de una burla y respondió resueltamente:

—¡Señores, no beberé!

—¿Cómo es eso? gritó Carlos, pues allá va la copa.

Y arrojó sobre el cantante todo el contenido.

El barítono tomó la taza de té y á su vez se la arrojó á Carlos.

Entonces comenzó un desorden espantoso.

Sillas, botellas, vasos, copas, todo se hacía pedazos en aquel campo de Agramante.

Llegaron á las manos y llovían los bastonazos y las bofetadas.

El barítono estaba furioso, pues había llevado una paliza soberana, le había crecido la boca y cerrádosele un ojo.

La policía intervino, y después de muchas disputas y explicaciones, el tenor fué solo á dormir á la Comisaría.

Alberto había hecho el papel de mediador y llevó su generosidad hasta ser fiador del cantante, que fué maltrecho á curarse á su hotel.

Era un acto bien representado de Capuletos y Montescos.

V

Cuando Alberto llegó á su casa se encontró con un telegrama de Fresnillo:

«Ven en el acto, que mi padre está en agonía.»

REBECA.

Quedóse un momento pensativo, y después añadió:

—¡Iré! es necesario acabar.

A las tres horas estaba en la casa de Estella.

En una cámara del Hotel Iturbide se le había dispuesto un espléndido alojamiento.

Muebles de terciopelo rojo, mesas de mármol, lunas venecianas, alfombras, candelabros magníficos, todo en gran *confort*.

Un transparente de flores velaba la luz, derramando un crepúsculo en la habitación.

Carolina, tenía una bata crema llena de encajes, que llegaban á sus pies calzados con unas zapatillas chinas de colores combinados. Su peinado estaba arreglado con un descuido encantador.

Acababa de levantarse del piano, había estudiado una hora y estaba fatigada; lo indicaban los papeles arrojados al acaso sobre el piano.

Alberto era presa de un sueño, aquella mujer ejercía un imperio terrible en todas sus facultades, le dominaba por completo.

—Carolina, le dijo, me vas á permitir una ausencia de seis días.

—Tú vas tras esa mujer! dijo la artista, las mujeres tienen el dón de adivinar.

—No, ¿quién piensa en eso?

—Dentro de breves días tienes que partir para las otras Américas, ¿no es verdad?

—Sí, tenemos que partir.

—Pues bien, necesito arreglar mis cuentas con mi corresponsal de Veracruz, arreglar la cuestión de fondos, porque nuestro viaje ha de ser largo.

—¿Y eso no lo puedes hacer desde aquí?

—No, son liquidaciones, además necesito instruír á esos señores para que no se interrumpan los libramientos, si fuéramos á Europa sería diferente, pero en las otras Américas se dificulta el cambio.

—Tienes razón; pero seis días es mucho.

—Son dos de viaje y cuatro de estar allá y hay mucho que arreglar.

—Cenaremos juntos esta noche, dijo Carolina, quiero darte el convite de despedida.

—Lo acepto con el alma, dijo Alberto, besándole las mejillas.

—Irás á la Opera esta noche, es la Traviata, te dedico el brindis.

—Estaré en el palco desde tempra-no; pero antes quiero que me dispenses una gracia.

—Habla nada puedo negarte, contestó Carolina.

—Quiero enviarte las camelias para tu traje.

—Un regalo de flores no se rehusa y más llevando el perfume de tu cariño.

—Además, continuó Alberto, llevarás estos pendientes, y sacó unas cajas que llevaba preparadas.

—¡Dios mío! exclamó Carolina, ¡qué perlas tan lindas cirsundadas de diamantes! ¡qné oriente tan hermoso! tú entrarás á ponérmelo.

—Sí, dijo Alberto con entusiasmo. Este alfiler completa el juego.

—¡Pero hombre has traído toda la tienda!

—Es muy poco.

—Estos brillantes que cuelgan como borlas son deslumbrantes y sobre todo las perlas, es un juego admirable.

—Había separado estas alhajas un Conde Mafiori, y me empeñé en arrebatárselas.

El semblante de Carolina se obscureció.

—Es un francés canalla que se permite hacer el amor á mi hermana. Está recién llegado de la Argentina.

—Eres quisquilloso.

—Ese hombre no me gusta.

—Tal vez tengas razón, ¿sabes que estoy preocupada con tu viaje?

—No hay motivo, si no es la ausencia que tanto lamento.

—Las diez, dijo la artista, vete, tengo que recibir á una persona.

—¿Al barítono?

—Al demonio, dijo Carolina riendo, mira no tengo secretos para tí.

Alberto leyó: «Adela Fernández» qué te querrá la hija de ese capitalista?

—Ya veremos, vete, y le besó la frente.

—Hasta la noche, Carolina.

—Que no te olvides de irme á poner los pendientes.

—Eso no se olvida.

Alberto dejó el cuarto de la artista y se marchó más enamorado que una doncella.

VI.

Luego que Carolina quedó sola se puso al tocador, tomó la borla del polvo y se la pasó por las mejillas, se dió algo de carmin en los labios y esperó á su visita.

El timbre sonó y Carolina se levantó á recibir á la señorita Adela Fernández.

Había tal semejanza entre las dos jóvenes que ambas se quedaron sorprendidas y llevadas por una atracción de simpatía se dieron un beso.

Sentáronse en el confidente, con las manos entrelazadas.

—Es Ud. una hermosa señorita, di·jo Carolina.

—Recibo esa frase como una galan·tería y nada más.

—Esperaba con impaciencia, como nunca, las diez, porque supongo la trae á usted algún negocio de impor·tancia, me ofrezco desde luego con entero gusto á su disposición.

—No esperaba otra cosa de una ar·tista tan distinguida, dijo Adela.

—Pues ya escucho á usted, señorita.

—Llámeme usted Adela.

—Y usted á mi Carolina.

—Bien, pues comienzo.

—Debe ser interesante.

—No mucho, pero comienzo.

Carolina no cesaba de contemplar á la joven.

—Pertenezco, dijo Adela, á una fa·milia de las más aristócratas de Mé·xico,

—Lo sería usted siempre por us hermosura y belleza, observó Caro·lina.

—Gracias, contestó Adela, sonrien·do.

—Decía, continuó la joven, que mi familia adolece de las viejas preocupaciones. Está soñando con la antigua nobleza, con las estirpes de sangre azul, con los sellos reales y pergaminos, con todo lo que ya no se usa.

—En efecto, dijo Carolina, aquí no he conocido ningún título.

—Mi padre cuenta, dijo Adela, que desde la Independencia se prohibieron los títulos de nobleza; pero que ellos los conservan siempre, y contra el torrente de la voluntad plebeya, forman la clase aristócrata, que es la suprema en la sociedad. Cuando vamos á nuestras fincas de campo, al rayo de un sol de fuego, están los trabajadores con la cabeza descubierta, delante de cualquiera de nosotros, todos parecen esclavos, á mí me dan mucha lástima!

—Eso es horrible; pero lo mismo pasa en Europa.

—Yo he visto en los Estados Unidos la esclavitud; era muy niña, apenas lo recuerdo, y aquello era la muerte.

—Mi padre, dijo Adela, tiene un viejo amigo muy liberal, que ha sido mi profesor y me ha educado en las ideas democráticas, me ha enseñado que todos somos iguales, que en el mundo solo hay infelices y afortunados, que cuando la nobleza no se lleva en el alma está sobrando en los papeles. Crea usted, Carolina, que me ha hecho aborrecer á los aristócratas, por ignorantes y orgullosos.

Allí no hay artistas, no hay una imaginación, todo lo seca la avaricia y falta de ilustración.

Es un remedo de la muerte, Adela.

Yo solo tengo noticias por los escándalos, de los hombres por sus duelos, sus derroches en el juego ó sus carreras de caballos; nunca oigo su nombre en una academia ó en un periódico.

—Conozco la raza, dijo Carolina.

—Pues bien, continuó Adela, mis padres quieren darme por marido un tipo de esos, que me son insoportables.

—Malo, malo, dijo Carolina.

—Figúrese usted un hombre que

no mide vara y media, anémico, y que lleva vida de palafranero, que todo el día lo pasa en la caballeriza con sus frisones y sus potros ingleses de carrera, solo habla de frenos, de jokeys, de monturas, de acicates y no tiene otra conversación. Yo amaba á un ingeniero que fué presentado en una tarde de campo, pero mis padres dijeron que era un ordinario, que no pertenecía á la aristocracia y le cerraron las puertas.

—¿A dónde irá á parar, pensaba Carolina.

—Pues bien, dijo Adela, he pensado emanciparme y para eso os busco.

—No comprendo.

—Yo sé cantar, conozco perfectamente la música, me he educado con los mejores maestros, estoy acostumbrada al éxito, yo declaro que quiero pertenecer al teatro!

—¡Dios mio! ¿estáis loca? dijo Carolina.

—No, no estoy loca, lo he pensado mucho, estoy decidida. Ya me fastidió la vida aristocrática, la hipocresía: quiero hablar alto, quiero gozar de libertad, adorar á Dios cuando lo sienta, no hacerlo todo por toque de campana, proclamo mi independencia, tengo el alma y el pensamiento de artista, pisaré el foro escénico.

—Muy bien; pero eso no será en México, eso sería un escándalo. Estoy resuelta á jugar el todo por el do dectoía Adela.

—Cuente usted conmigo, usted es artista de corazón, yo arreglaré todo.

—Y para que usted vea y palpe, voy á cantar, aquí hay un piano.

Sentóse con arrogancia y con su voz magnífica de contralto cantó una cavatina admirablemente.

—No es mi competidora, pensó Carolina, yo soy tiple, ella contralto, nos aliaremos.

Oyéronse unos palmoteos en el corredor.

El director de Opera pasaba casualmente y se detuvo á oir la voz de Adela.

Entró en el cuarto y preguntó quién

era esa cantora que le había cauti-
vado.

—Yo, dijo Adela.

—Señorita, le ofrezco á usted con-
trata en mi compañía; usted impon-
drá condiciones.

—Una sola, el secreto de mi nombre.

—Seré mudo, dijo el director; usted
señalará el día del debut.

—Mi amiga la señorita Stella, arreglará todo.

—Hacedme el favor de repetir la
cavatina.

—Aquí hay una *aria*, dijo Carolina.

—La conozco, dijo Adela, y se puso al piano,

Decididamente era una artista.

Carolina se paró y la besó con entusiasmo; el director la abrumó á elogios.

—Elija usted su nombre de guerra,
dijo el director.

—Yo lo diré, dijo Carolina, anun-
ciad la aparición en la escena de Hor-
tensia Donati, condesa de Pó.

—Muy bien, ensayaré aquí con el maestro, y haré un ensayo general la víspera de la representación. Entre tanto, mañana firmaré las escrituras.

—Le va á dar epilepsía al novio, dijo Carolina.

—Va á haber muchos accidentados esa noche, pero los dados están tirados, ya soy artista!

VII

Cuando el maestro y Adela dejaron el aposento de Carolina, sacó una tarjeta de su cartera y la leyó por dos veces.

«A las doce estaré allá.»

Faltaban cinco minutos.

—Qué voz tan hermosa tiene esa mujer, va á tener un éxito completo. El escándalo va á ser grande, pero no importa, la ley la proteje, es mayor de edad. A la empresa le convienen estos sucesos.

Llamaron á la puerta.

—Adentro, gritó Carolina.

Entró el conde Mafiori.

—¡Carolina!

—Haceos atrás, dijo la joven adoptando la lengua francesa; sois un miserable.

—Te vengo á dar explicaciones.

—No las necesito; os he llamado para deciros que voy á vengarme, desbarataré vuestro casamiento.

—¿Sabeis? dijo asustado el aventurero.

—Sí, lo sé todo, que venís á engañar á una familia aristócrata; pero no será, os juro que no llegará á vuestras manos ese millón de pesos.

—Oyeme, Carolina.

—¿Qué podéis decirme para disculparos? Os entregué mi amor y os burlasteis, os hice depositario de mi dinero y me robasteis, sois un ladrón!

—Carolina, vuestros fondos están íntegros y á vuestra disposición.

—No los quiero, os declaro que los rechazo.

El aventurero puso una cartera sobre la mesa.

—Me habéis llamado ladrón, ahí están vuestros treinta mil francos, nada os debo.

—Es que yo tengo en mi poder el otro millón.

—No os comprendo.

—Ved.

Y le mostró el alfiler y los pendientes de perlas y brillantes que le había regalado Alberto.

—Esto me denuncia que el hermano de la señorita Santelices ha estado aquí. Ayer compró esas alhajas que yo había apartado.

—Y que son mías á título de amor

—Está bien, hagamos las paces, no hay por qué disgustarnos, somos socios si te parece.

—Bien pensado, tienes razón, dijo Carolina, y le tendió la mano.

—Ahora que somos simplemente amigos, dime ¿qué pasó con la tiple que te llevaste?

—Hija mía, fué un compromiso espantoso; estábase representando «La

Africana,» tuvo un disgusto con el director y en una escena en que tenía que entrar, me llamó, se puso un chal, y tomándome del brazo, me dijo: vámonos, esta vida me es insoportable, huyamos. Salí con ella; todos mis amigos decían que llevaba á una negra, y era que no había tenido tiempo para despintarse. Nos fuimos en derechura al ferrocarril de España y partimos para Barcelona. Acosado por los telegramas de la empresa, contínuamos el viaje á Madrid, donde se ajustó desde luego. Pero estos españoles son el demonio; á la tercera representación me la birlaron y quedé en las cuatro esquinas. Desesperado de aquella aventura, tomé pasaje para la Argentina, donde he hecho una gran fortuna, y como dinero llama dinero, he venido aquí en pos de la atracción y he logrado un buen golpe.

—¡Eres un hombre de pro!

—No he realizado mi matrimonio, porque me sospecho que tengo la oposición del hermano de Elisa.

—No te equivocas, es un odio á

muerte, y parece poseer algo de tus secretos.

—Es necesario que indagues, nos conviene á los dos.

—Mañana sale para Veracruz al arreglo de sus negocios, pero estará de vuelta dentro de seis días; me lo ha prometido.

—Ya surtió mi telegrama, pensó el conde. No va á Veracruz, pero me callo, porque, esta mujer echaría á perder el negocio; apresuraré el matrimonio.

—¿En qué piensas? dijo Carolina.

—En nada; fío en tí.

—Seré más fiel que tú. Me voy al ensayo y nos veremos mañana.

—Adiós.

El conde besó la mano de Carolina, y salió lleno de satisfacción en busca del R. P. Angelini.

CAPITULO VIII

Las Olas altas.

I

La prensa de la capital anunciaba el próximo enlace de la señorita Elisa de Santelices con el conde Mafiori.

Los trajes de boda lucían en los aparadores de la casa de modas del Jockey Club, y Juvenal los describía á todo placer en la "Charla Dominguera."

El palacio de la Esmeralda había puesto al cuello de un figurín las alhajas, y las damas de la aristocracia iban á contemplarlas, y acaso á envidiar los ricos presentes de la boda.

El estrépito de los carruajes en la calle de la Perpetua, donde está situada la residencia del Arzobispo de México, anunciaba un casamiento aristocrático.

Entraban á la casa arzobispal elegantísimas damas y apuestos caballeros.

En el patio había un grupo de clérigos, divirtiéndose de la concurrencia y hablando íntimamente con las señoras, porque se establece cierta confianza entre la mujer y el hombre poseedor de secretos y debilidades.

Derrepente los clérigos corrieron al pie de la escalera, á recibir á S. S. Ilustrísima el Arzobispo de México, que bajaba con los arreos de una gran fiesta.

Un traje de raso morado, encajes finísimos en los puños y una cruz de amatistas de vivísima transparencia. Un pastoral de gran precio, todos esos atavíos que revelan la humildad cristiana.

Las señoras se agolparon á besarle la mano, disputándose las sonrisas benévolas del Prelado, y entraron en tumulto á la capilla.

Los caballeros, todos muy católicos y miembros de las conferencias y gremios religiosos, doblaron las rodillas, santiguándose los bigotes y besando la cruz de sus propios dedos.

Se oía el piafar de los caballos, las risas de los lacayos y el ruido de la gente curiosa, que esperaba en las aceras de la calle la llegada de los novios.

Al sonar las diez en el reloj de Catedral, se detuvo por la plaza de Santo Domingo un carruaje inglés, arrastrado por caballos árabes, guarnecidos con cadenas de oro y llevando como penachos unos ramos de azahar.

Los lacayos de libreas azules, botonadura de plata y botas de charol, se ostentaban en la altura del pescante como unos soberanos, llevando también azahares en el ojal de la librea y en el cabo de los látigos.

Seguía el carruaje de los padrinos, que eran el señor y la señora de Santelices, padres de la desposada.

Después otro, con las jóvenes amigas, que servían de damas de honor.

y otro más con los amigos del novio, chambelanes á la hora de la ceremonia.

Apéáronse por su turno, y un lacayo apuesto tomó la cola del vestido de la novia. Era Robertito el camarista.

Unos estudiantes que veían el desfile, dijeron:

—Ya lleva la cola el ayuda de cámara.

—Calla, hombre, esas cosas no se dicen, es pecado; ¿no vez que se trata de una señorona?

—¡Más señorón que el conde! ¡Qué estómagos hay en la tropa!

—La verdad que es muy feo ese Mafiori; como yo no conocía cómo era un conde, me ha traído la curiosidad, y me parecen detestables.

—¿Pues cómo se te figuraba un conde? preguntó un estudiante.

—Al oír que era un conde italiano, creí que era un animal racional, y veo simplemente que es un animal.

—Por lo mismo, si se juzga por la figura, tienes razón; parece un oso blanco del Polo.

—Pertenece como ejemplo á la Zoología.

—Lo llevaremos á la Preparatoria.

—Pero que no entre con bastón, porque en la Escuela es arma prohibida..

—¿Qué me dicen de los chambelanes? preguntó otro estudiante.

—Pues me parecen cuatro monos del Circo.

Los estudiantes soltaron la carcajada.

—Vean ustedes cuánta vieja aristócrata vestida de niña y dando brinquitos como una corza.

—Sí, hombre, sí, las viejas son muy traviesas. Ayer las ví en una tarde de campo, haciéndose las graciosas montadas en burro.

—Es verdad, dijo otro. Juegan á juventud, por eso les gusta el carnaval, como no se les ve la cara, se baten de lo lindo.

—Tú lo dices por experiencia, como que estás enamorado de una vieja rica, que te compra hasta los cigarros.

—No entres en mi vida privada;
respeta á la ancianidad generosa. Yo
amo á una heroica anciana.

Seguía la broma entre los estudiantes.

—Hombre, y ¿cuánto gasta en dar-
se bola en los cabellos?

—Cinco pesos por semana en la tin-
tura del Rayo.

—Esa señora es una tempestad.

—Y la dentadura automática? preguntó otro diablillo.

—Esa es obra de arte muy exquisita.

—Pues que la manden á Chicago.

—¿Y la novia?

—Esa está bellísima!

—Lástima que no nos dejen entrar
para divertirnos.

—No somos aristócratas, los plebe-
yós son otra cosa.

II

El desfile había concluido y empe-
zabá la ceremonia.

La Capilla estaba resplandeciente.

Todo el decorado era de camelias y gardenias. Ardían seis cirios en el altar.

El Arzobispo, de pie, bajó las gradas y aguardó á los novios.

Entró Elisa llevada por el conde. Nunca había estado más hermosa.

Hubo algunos cuchicheos por lo bajo.

Las damitas de honor llevaban la cola, y los chambelanes la custodiaban.

Leyó el Arzobispo la Epístola de San Pablo, habló de los deberes de felicidad, etc., etc., y les echó la bendición nupcial.

Siguieron los abrazos, las felicitaciones, los besos y toda esa comedia de las *bodas*.

Salió aquella concurrencia de la capilla, entróse á sus carruajes, y el de los novios se dirigió á la fotografía de Valleto.

Era necesario que la humanidad no perdiera aquellos retratos, sobre todo el del conde, como el de un héroe de matrimonio.

III

La señora de Santelices recibía á los invitados para la mesa de boda.

El menaje era todo nuevo, la cámara de los novios parecía un retrete musulmán.

El comedor era un ramillète de flores.

Reinaba una grande elegancia.

La señorita Adela Fernández estaba al lado de su novio.

—¿Qué te parecían los caballos, Adela?.

—No me fijé, respondió con fastidio la joven; no me llaman la atención los cuadrúpedos.

—Haces mal, muy mal; los frisones de raza son muy importantes. Acabo de recibir un potro lindísimo, ¡qué animal! si parece un caballero.

—En cambio, dijo Adela, hay caballeros que parecen animales.

s

El novio no comprendió la alusión.

—Pero hay que advertir que si no tienen su freno apropósito, no hay manera de gobernarlos.

—Hablemos de otra cosa, ya la caballeriza me tiene fastidiada, dijo con displicencia Adela.

—Estás insoportable, hija mía, y me vas á permitir que dé una vuelta por las caballerizas, eso me entretiene mucho.

—Sí, sí, es muy importante; puedes irte desde luego.

—Con tu permiso.

—Bendito sea Dios, dijo Adela á Elisa, que había ocupado el primer asiento.

—No es para tí, ese hombre, Adela.

—Soy de la misma opinión, y ¿tú conde?

—Aquí, al oído, es un estúpido, á quien no soporto.

—Pero en cambio, ya eres condesa.

—Necesitaba mi libertad, y ese hombre, ese hombre es el puente por donde paso.

—¡Eres terrible!

—Estos cambios que se hacen por convenio, son fastidiosos; ccmprendo que cuando interviene el amor, no es desagradable; pero de la noche á la mañana encontrarse con un extraño, es salvaje.

—Es verdad, pero al fin recobras tu independencia; el día que amanezcas de mal humor, lo despides con tus lacayos, y punto final.

—No es mala la idea y sobre todo concebida en un día de bodas.

—El amor, dijo Adela, no es fácil quebrantarlo; pero estos pactos, es lo más sencillo.

—Son combinaciones de capital y de influencia, en las que no interviene el corazón; pero allí viene mi marido, ¡horror!

Acercóse el conde y con una sonrisa sumamente pesada, dijo á Elisa:

—¡Estás muy hermosa!

—Ya me lo habías dicho, respondió Elisa.

—Pero ¿sabes que tu modista no te ha ajustado bien el traje?

—No había reparado, dijo Elisa, encendiéndosele el rostro; pero ya subsanaremos la falta.

—Tienes razón, así estás más interesante.

—Pero muy *interesante*, dijo Adela, subrayando la palabra.

—Señor conde, gritó Carlos, lo busca á usted una persona.

—Voy en seguida.

Y el conde, todo alarmado, se separó de su esposa.

Elisa tomó de la mano á Adela y la llevó á su recámara, mientras la concurrencia se entretenía oyendo tocar el piano por un magnífico profesor.

IV

Luego que las dos amigas estuvieron solas, Elisa se sentó al lado de Adela, y la dijo:

—Necesito hablarte.

—Estoy sumamente inquieta, ¿qué pasa?

—Adela, yo he tenido un momento de delirio; tú sabes que, como mis padres son aristócratas, me han encerrado en una sociedad que no me satisface, que no cuadra á mis aspiraciones.

—Es una fatalidad que nos subyuga, dijo Adela.

—Ninguno de los hombres de la que llaman nuestra clase, ha podido producir una ilusión en mi espíritu, ni hacer latir con más violencia mi corazón; todos me han parecido vulgares.

—Me estás contando mi historia, dijo Adela; mis padres me han impuesto á un palafrenero á quien desprecio, y ya he pensado emanciparme.

—Pues bien, continuó Elisa, un joven, precisado por la miseria, en una de esas luchas terribles de la vida, entró en casa de ayuda de cámara.

—¡Dios mío! exclamó Adela.

—La fatalidad me hizo amaro.... Eso era un crimen para las aspiraciones tan elevadas de mi familia. Ese hombre no me decía una palabra, me amaba en silencio, su librea retenía los latidos de su pecho. Humillado, vejado, escupido en esa condición, un día se me presentó en su antiguo traje, y me dijo:—Señorita, hoy me marcho; vine á México en busca de fortuna, y comencé por no encontrar trabajo. Luché con la miseria y me venció. Entonces, lleno de desesperación, me lancé al rebajamiento; llamé á las puertas de esta casa y vestí la librea como un símbolo de oprobio, porque yo no había nacido para lacayo. La ví á usted y la amé; aquel cariño era una serpiente enroscada á mi corazón, era una sentencia de muerte. La vista de usted me retenía; pero hay un momento en que lo terrible de mi suerte me obliga á huir, muy lejos de aquí; hoy me presento á las filas del ejército; quiero morir, ya no tengo fuerzas para luchar con la fatalidad.

Al oir aquella franca confesión, al ver las lágrimas de aquel hombre, pasó un relámpago por mi cerebro, yo le amo, Adela, y arrostré por todo. Se me privaba de unirme á él, se condenaba una pasión pura, se destruía un amor de ángel; entonces lo transformé en una pasión del infierno y me lancé al camino extraviado, pero no por mí, sino por los que me tiranizaban.

Las lágrimas se agolparon á los ojos de Elisa.

—Si mis padres, continuó, me hubieran permitido la comunicación con las otras clases sociales, acaso yo hubiera amado á un hombre digno de mí, pero me han arrojado obligándome al crimen.

—Sí, sí, dijo Adela, nos ponen al borde del precipicio, y se espantan después de nuestros extravíos.

Elisa continuó:

—Seguí en aquellas relaciones ocultas, cuando se presentó ese miserable á pedir mi mano; pero ya mis padres habían descubierto todo, excepto que llevo en mis entrañas el fruto reprobado de esas relaciones vergonzosas.

—¡Horrible! ¡horrible! dijo Adela.

—Pero ¿no sabes tú, dijo Elisa, que ese hombre, que no va sino tras de mi caudal, lo ha sabido todo?

—¿Y quién se lo ha revelado?

—Mis padres, y él lo ha oído con frialdad, sin darle importancia, y ha aceptado el casamiento.

—¡Pero si estos miserables no tienen dignidad!

—Ni delicadeza, ni honor, agregó Elisa. Esta noche yo le declaro todo para que cesen mis inquietudes.

—¿Y no temes una violencia?

—No, el que ha pasado por la deshonra, pasa por todo; quiere dinero y lo tendrá; yo le pondré en sus labios un freno de oro.

—Tengo miedo, dijo Adela.

—Yo también lo tenía, pero ya lo he perdido; me he manifestado cínica, cuando estoy temblando; pero delante de tanta miseria me impongo con orgullo y triunfaré. Además, si ese hombre me arma un escándalo esta noche, diré que han descubierto que es un aventurero, porque mi hermano ha adquirido relaciones sobre su persona.

El conde ha aprovechado su ausencia para verificar el matrímonio, y diré más, que soy quien lo he arrojado de mi presencia y de mi casa.

—Muy bien, muy bien, dijo Adela. Esta noche me quedo á acompañar á tu mamá, y estaré al cuidado por si te pasa algo.

—Cuento contigo.

—¿Y Roberto?

—Mi padre lo ha vuelto á llamar, y está sufriendo espantosamente en estos momentos en medio de esta fiesta; pero con una entereza que espanta. Me ha dicho que me seguirá á Europa, para donde salimos próximamente. Yo no he podido resistirme y no sé lo que pasará. Dios dirá, salgamos de esta noche y veremos.

—Ya nos extrañan, dijo Adela; vamos, es la hora de la mesa.

V

Sólo esperaban á los novios para comenzar el banquete.

El conde tardaba, pero al fin llegó,
tan fatigado como si hubiera sostenido una escena tormentosa.

La comida fué espléndida; los brindis en honor de los desposados se sucedían sin interrupción.

El jesuita, al lado de la señora de
Santelices, hablaba por lo bajo.

—Estoy asustada, decía Cristina.

—Aparentar, aparentar alegría, no
hay que turbarse, decía el jesuita.

—¿Qué va á pasar esta noche? No
sé qué cosa pasará; ese hombre es
muy difícil. El no querrá un escándalo, eso sería peor.

—Puede ser, dijo el jesuita, que co,
mo hombre de mundo se sepa callar-
y que, llegado el momento, haga des-
aparecer la criatura, ó quién sabe

si la haga pasar por suya allá en Europa.

—Pero será una vida de infierno, dijo Cristina.

—Entretenido con los negocios, puede olvidar; además, en París se olvida todo.

—Es que va á las otras Américas. ¡Pobre hija mía!

—Sí, dijo el jesuita, las víctimas de las preocupaciones no pueden contarse. Esa misma clase media que nos hace una guerra implacable, también tiene sus preocupaciones y sus ideas; no permitiría que un aventurero entrase en sus familias; cada clase social se atempera á sus costumbres. No culpemos las nuestras, la fatalidad llega á todas partes.

—Ruego á usted que no me abandone en estos momentos.

—Estaré al cuidado y mediaré si es preciso.

—Señores, qué hermosos caballos, gritaba el novio de Adela; el señor conde posee un tesoro.

—Son de raza pura, dijo Mafiori, los encargué á Inglaterra.

—No hay como los ingleses para los caballos, ¡eso es lo supremo!

—Se conoce que usted es inteligente, caballero.

—Le envío á usted á mis caballerizas.

—Gracias, dijo el conde, cuando tenga lugar no me quedaré sin ver-verlas.

Adela estaba sofocada, porque sabía que aquel mentecato era su novio, aunque ya la cadena estaba rota con los planes de la joven.

—Ahora á cantar, dijo Elisa, van ustedes á oir á Adela, es una verdadera artista.

Levantáronse todos los convidados, después de un brindis por el señor y la señora de Santelices, y pasaron á la sala.

El banquero tenía un humor fatal. Eso de tener que aprontar el dote de su hija, era una herida en el fondo de su corazón.

—Esta es una verdadera estafa, decía el banquero: pensar tanto, quemarse en la banca los sesos, para hacer una gran fortuna, y tenerla que compartir con un bribón...... es para pegarse un tiro!

Trescientos mil pesos sobre el Banco de Inglaterra!...... esto es superior á todo. Y después, cuando me muera, qué gusto van á tener mis herederos; afortunadamente no podré verlos; los desheredaba en seguida. Este es un golpe terrible; en cambio tengo un yerno conde, peor hubiera sido el lacayo. Pero estos condes salen muy caros, podían bajar la tarifa, seguir el movimiento de la plata, que se depreciaran algo; el tipo de oro es muy subido. No sé para qué diablos se descolgó este hombre por aquí, estábamos tan bien.

¡Y los regalos de boda que me han costado un sentido!...... ¡Para qué tendría hijos!.... La avaricia es una de las mayores torturas, es el fuego de un condenado, la cadena de un presidiario.

—Qué bien canta esa muchacha, dijo el banquero, al oir á Adela; en el teatro haría un gran suceso.

Un aplauso se dejó oir en la sala.

Aquella mujer era aclamada en el prólogo de su aparición en el foro es-cénico.

Pasóse la tarde y parte de la noche en la fiesta; la concurrencia se fué amenguando, y por fin quedó sola la familia.

Cristina besó á su hija, y el señor de Santelices le dió las buenas no-ches.

VI

El conde y Elisa entráronse e n su aposento.

Elisa se tiró sobre un sillón.

Mafiori estaba de pie.

Después de un momento de silen-cio, Mafiori se acercó á su esposa y le besó la frente.

Elisa se estremeció al sentir el alien-to de aquel hombre.

—¿No quieres dormir? le preguntó el conde,

—Señor, le dijo Elisa, estoy tan fatigada con la fiesta del día, que pediría á usted permiso para pasar sola la noche.

El conde retrocedió dos pasos.

—No comprendo á usted, señora.

—Que el cansancio me abruma y deseo estar sola, dijo Elisa con entereza, desafiando por completo y con una audacia sin límites la situación.

—Me explicará usted su conducta, dijo el conde.

—Señor conde, la explicación es sencilla. Mis padres me han obligado á este enlace, que yo rechazo, y le han descubierto un secreto de deshonra, que usted ha aceptado y que yo desconozco.

—No comprendo.

—Si mis padres han creído que yo podría afrontar esta situación vergonzosa, se han equivocado. Ante la sociedad bien puedo ser la esposa de usted, porque todos ignoran mis faltas; pero ante usted que la sabe, yo no puedo aceptar una existencia de humillación y vergüenza.

El conde no respondió.

—Allá fuera soy la condesa de Mafiori; aquí la mujer que ha delinquido, y no quiero ni tiene por qué pedir perdón.

—¡Me estoy volviendo loco! gritó el conde.

—La mujer manchada, continuó Elisa, no es digna del matrimonio; he cometido una profanación.

—Pero si yo he perdonado, dijo el conde.

—¿Y quién es usted, señor conde, para perdonarme? Si después de este día yo hubiera descendido al abismo ignominioso de la deshonra, podría usted ejercer su generosidad.

—Es cierto, señora, pero he ofrecido al menos guardar silencio y no recordar á usted esa historia; la ha aceptado y no hay para qué traerla á la memoria, cuando yo no me he permitido una reconvención.

—Es que usted ignora algo más.

El conde se estremeció; porque aun

cuando lo hubiera llevado al matrimonio el interés, sentía su amor propio humillado en aquel momento.

—¿Qué no sé todo, dice usted señora? ¿Y cuál es ese todo que me sobre-
coje?

—El resultado de una falta.

—Más claro, señora, porque no entiendo, ó más bien, no quiero enten-
der.

—El fruto de aquel crimen, señor
conde, lo llevo en mi seno.

—¡Maldición! gritó el conde, ¡eso no
me habían revelado y es una infamia!

—Yo no he intervenido en este negocio, dijo Elisa.

—Pero usted podía haberme revelado lo que ahora me descubre, cuando
ya es tarde, demasiado tarde.

—Dejo para después la resolución
de usted sobre nuestro porvenir; ajus-
temos nuestro presente, definamos
nuestra situación.

—Hable usted, señora.

—Mientras transcurren siete lunas
viviremos separados, después usted
dirá lo que ha de ser.

El conde reflexionó largo rato.

—Está bien, señora; pero cuidado con revelar á nadie nuestro secreto: no olvide usted que soy el marido.

—Sabré respetar ese nombre, fíe usted en mí.

—Después, cuando todo haya pasado, me reservo á pensar la suerte de esa criatura.

—Me encargo yo de ella, señor conde.

—Está bien; entre tanto, seremos todo para la sociedad.

—Sí, respondió Elisa, todo para la sociedad, nada para nosotros.

—Nada, respondió el conde, y salió del aposento, terrible como la fatalidad.

VII

Luego que Elisa se encontró sola, arrancó la corona de azahares de sus sienes y la arrojó al suelo: ¡malditas seáis! exclamó con ira, ¡sois una mentira que he llevado todo al día sobre mi frente! ¡esta noche que debía ser tan feliz, es una noche de espanto y de tristeza!....

La mujer que llega á su cámara con el velo de la desposada, sonriente, feliz, llena de timidez y amor, á ese hogar que más tarde será el de la familia, ¡con cuánto placer espera al hombre de su cariño, á quien la bendición del cielo ha hecho su esposo!........ ¡qué sueños de amor y de ilusiones, qué esperanzas tan dulces, qué ideas tan vaporosas, como los celajes sobre los brillantes de la Vía-láctea!

Elisa enjugó las lágrimas que caían como una lluvia, sobre el blanco vestido de boda.

—¡Maldito sea el oro, exclamó, maldito el orgullo aristocrático, que me ha hundido en el mar de la desdicha!

Quedóse callada por algunos instantes.

—Si yo fuera pobre, no vería estos espectáculos repugnantes, porque este hombre debía haberme matado. No ha tenido valor, ¡es todavía más miserable que yo!.... Si hubiera nacido en la medianía, mi honor estaría como en una arca cerrada, y no perdido en el mundo del extravío y de la desesperación.

Elisa se paseaba como una loca, en el aposento.

—¿Y qué me queda? ¡desgraciada! ¡Todos los goces han huido!.... Atada con una cadena terrible á un hombre á quien aborrezco, puesta sobre la huella de su destino, avasallada y con la mirada baja y la frente inclinada, ¿qué vida va á ser la mía?.... podré olerarla por algún tiempo; pero después no respondo...... ¡No tengo la resignación del sacrificio, no he nacido para el martirio!.... porque con ese hombre no tengo ni el derecho de hablar, de reconvenir, ni el de quejarme.... ¡esta existencia degradada, no, no es para mí!.... y puesto que estoy envilecida, que ya no puedo ser honrada, que mis faltas me encadenan, ¡yo rompo esas ligas en nombre del mismo crimen!

Abrió con decisión la puerta de la cámara, se entró en el corredor obscuro y volvió acompañada de Roberto, el ayuda de cámara.

VIII

Robérto, presa de una pasión insensata, se había enterado del matrimonio de Elica y había sufrido espantosamente; pero nada tenía que objetar; era un amor de limosra y debía someterse á todas las eventualidades.

El, un lacayo, un miserable, no podía oponerse al enlace de una rica heredera.

Podía descubrirlo todo; pero sabía que el conde estaba enterado; y además, ¿qué conseguiría? que lo arrojasen á palos, que lo hundieran en una cárcel y que Elisa lo olvidase.

El señor de Santelices no le diría que se casara ni que cubriera el honor de su hija; ya para eso había encontrado al conde. Entonces, ¿qué hacer?.... sufrir, llorar, revolcarse en las ascuas candentes de la desesperación, ó esperar todo de Elisa.

Llegó el día fatal; él tuvo que presenciar la ceremonia.

Todos ignoraban y ni aún sospecharían, que bajo la librea despreciable del lacayo palpitaba un corazón despedazado y lleno de abrojos.

¡Hay séres que no deben pertenecer á la raza humana!

Vió á Elisa resplandeciente, cubierta con una constelación de diamantes, hermosa como una aparición celeste, y la amó más que nunca.

Vió al marido odioso y pensó en matarlo.

Guardó en su pecho un puñal afilado, y esperó la hora.

¡Cómo estar á dos pasos de distancia de aquella cámara nupcial donde su amor sería profanado, donde aquella mujer que le amaba con delirio sería entregada á la brutal pasión de un miserable extranjero!.... No, aquello era superior á sus fuerzas.

¡La veía entre los encajes de las cortinas de su cama de oro, entre el cambray de sus sábanas, con su cabello destrenzado cayendo por su blanquísima espalda, los ojos relucientes, los labios sedientos, el seno palpitante de amor, y su cerebro se encendía con el fuego de Satanás!

Oía hasta vagos suspiros salir de la estancia y palabras entrecortadas... Entonces arrojó el puñal, no era aquel hombre á quien debía herir, sería un asesinato alevoso y cobarde.

Manchar aquellas alfombras con sangre inocente, porque el esposo ignoraba aquel amor, aquellos celos espantosos, era un crimen que Elisa no le perdonaría nunca.

Pareció serenarse un momento, como quien toma una suprema resolución.

El único culpable era él, el único desgraciado; sobre su frente debía caer la adversidad, como una ave de rapiña, para devorarle el corazón!

El esposo era felíz, Elisa se resig-
naba, él solo quedaba en los inquietos mares de la vida, juguete de las
olas!

¿Cómo amanecería? y él allí, como
el más desgraciado de los hombres.

¿Cómo levantar los ojos hasta aquella mujer prafanada que llevaba en su
seno á su hijo?

¡Qué humillación y qué vergüenza
para aquel hombre!

¡Qué hiel tan amarga destilando gota á gota en el vaso del alma!

Entonces pensó huir, ¿pero dónde
escondería sus dolores y sus lágrimas?

—¡En la tumba! gritó con voz ca-
vernosa, allí, allí! Bajo la losa del sepulcro nada se oye, nada se transpa-
renta, qué calma tan hermosa! Allí
no se llora, allí no se siente palpitar
el corazón! La sombra obscura sin relámpagos y sin estrellas, el silencio
del silencio, la obscuridad de la obscuridad! Si, el eterno consuelo del espíritu, el fin del hastío, el término de
los pesares! Oh, la muerte, dulce y
tierna, consoladora de las dolencias

de la vida, de las contingencias todas del dolor!

Una sonrisa apareció en sus labios, sonrisa de satisfacción y de triunfo, era el vencedor de los sufrimientos!

Dirigióse á un estante, sacó un pomo y se metió á su cuarto.

—Aquí estás, tú eres la panacea de la aflicción. Dentro de algunos momentos ya no existiré; qué felicidad! Estoy junto á la tumba de mi amor. Allí está esa mujer que me mentía, allí el hombre que me asesina. Allí los goces de la vida, aquí los placeres de la muerte! Oigo la respiración de Elisa, el mismo aliento que bañaba mi frente, los mismos besos que sellaban mis labios, los mismos latidos que palpitaban sobre mi corazón! Sé feliz, te debo el haberme amado y el placer de morir. Acuérdate de mí!

Apuró el pomo hasta el fin y se sentó á esperar tranquilo la muerte, sin pronunciar una palabra.

En esos momentos entró Elisa.

—¿Qué tienes, le preguntó al ver la palidez intensa de su rostro?

—Nada, todo ha concluido.

Elisa lo tomó por el brazo y lo llevó á su aposento.

IX

Roberto coménzaba á sentir las primeras contracciones de la estricnina.

—Roberto, yo te amo, decía Elisa, tú me has visto serena porque yo preparaba esta noche para nuestro amor. Yo despediría, como lo he hecho, á ese miserable, porque á tí, á tí es á quien amo con el corazón!...... despierta de tu letargo, vuelve en tí.... te he hecho sufrir, pero te comprendo, ven á posarte sobre mi corazón.

—Elisa, ya todo acabó, dijo Roberto.

—No, ahora comienza, ahora que he salido de la tutela de mis padres, ahora que soy libre, porque acabo de romper las últimas cadenas!

—¡Imposible! ¡imposible! exclamaba Roberto.

—Es que ya tú no me amas, que me has engañado.

—¡No, no, te amo todavía!

—¿Pero qué tienes?...... tú te estremeces, tu rostro se descompone, ¿qué has hecho, desgraciado?

—¡Elisa, tú has hundido un puñal en mi corazón, y yo he aceptado la muerte!

—¡Pero esto no puede ser!

—Cuida de mi hijo; yo sé que lo arrojarán á una casa de expósitos; que se confundirá en ese mundo de desgraciados.

—No, no; vivirá conmigo; él primero y antes que todo el mundo!

Roberto se desplomó en el suelo, presa de espantosas convulsiones, y con el rostro amoratado.

Elisa salió gritando:

—¡Adela! ¡Adela!

La joven, que acompañaba á la señora de Santelices esa noche, y que estaba despierta todavía, corrió al aposento de Elisa, y dió un grito ante aquel espectáculo.

El conde, que por no dar un escándalo se había ido á acostar á un confidente del salón, entró á su vez con el señor de Santelices y su esposa.

—¿Qué pasa? dijo el conde.

—¡Que este hombre se ha suicidado!

—¡Dios mío! dijo la señora de Santelices. ¡Es Roberto!

El ayuda de cámara estaba muerto; el veneno había hecho un poderoso estrago.

Elisa estaba espantada, so recojida de pavor; el llanto se le había detenido en las pupilas.

Los criados habían llamado al doctor, que entró á toda prisa.

Reconoció á Roberto, y dijo:

—Está bien muerto.

—Que lo saquen de aquí, dijo el banquero.

Y luego llamando aparte al conde, le dijo:

—Ya está usted vengado; ese mise.

rable que se ha quitado la vida, es el seductor de mi hija.

—Me privó de ese placer, respondió el conde, y arrojó una mirada terrible sobre el cadáver del ayuda de cámara.

CAPITULO IX

Al levantarse el telón

I

La capital de México está en espera de grandes acontecimientos, para devorarlos.

Nunca se ocupa tres días del mismo asunto.

Los periódicos están á caza de noticias y las presentan siempre de sensación.

El director de la ópera recorrió las redacciones, avisando que para la próxima noche pisaría el escenario una dama de la aristocracia, haciendo su *debut* como cantante, en la gran partitura de Meyerbeer.

Corrió la noticia como la chispa del telégrafo.

En los altos círculos todos se preguntaban quién sería esa gran señora; y nadie atinaba, todas eran conjeturas.

Los repórters corrieron al teatro, pero nada pudieron indagar; el secreto, cosa rara, se guardó inviolable.

Los palcos todos y las lunetas, y hasta los boletos de galería, fueron agotados la víspera de la representación.

La aristocracia estaba inquieta, aquello iba á ser un escándalo.

¡Llegar á las tablas una dama!.... esto era un sacrilegio.

Los hombres de la clase media lo estimarían como un triunfo, para humillar á los altos señores.

El teatro tomaba una animación inaudita.

Si la dama hacía un fiasco, aquella borrasca se desataría furiosa.

Si obtenía un éxito, entonces sería otra tempestad; pero de flores y aplausos.

Nada hay más tremendo para una artista que la función de *estreno.*

Desde días antes está nerviosa, inquieta, desazonada, temiendo que la voz se le apague y que no esté de fortuna.

Teme que algún accidente escénico provoque la hilaridad, un telón que se atore, un bastidor que se venga abajo, un clavo que enganche el vestido y la desnude en la escena, un perro que salga á la hora de un momento trágico; porque en nuestros teatros todo es permitido, los actores llevan sus perros, que á veces se pasean por el escenario, despertando la hilaridad ó los gritos de algún chusco.

La verdad es que el éxito de una artista depende de multitud de circunstancias.

Hay en el teatro una preocupación grande; es que hay actores de mala sombra y nadie quiere debutar con ellos, y como siempre pasa algo, se lo atribuyen al *jetatore.*

Hasta la hora en que se abrían las puertas del teatro, todo indicaba un éxito completo.

II

La familia del rico negociante don Anselmo Fernández, no había concurrido á la temporada de ópera, á consecuencia del luto por un pariente, así es que en el teatro no se notaba su ausencia.

Adela se puso de acuerdo con una amiga para que la invitase á un palco reservado, al cual irían desde muy temprano, para no ser vistas.

La familia, atenta á esa circunstancia, permitió que Adela concurriese á esa función, que tenía tanto atractivo.

Efectivamente, á las siete de la noche se entró en el carruaje Adela, acompañada de su amiga.

Como á esos palcos reservados se entra por el foro, nadie reparó en las dos damas.

Una vez en el foro, Adela se entró á su cuarto para vestirse.

—Señorita, decía el empresario: estaba con el alma en un hilo, creía que nos dejaba usted comprometidos.

—Ya estoy aquí; que me llamen á Stella, y mucho cuidado con que entren al escenario.

—Yo cuido la puerta, señorita.

—Muy bien.

Llegó Stella al aposento de la joven artista.

Se dieron un beso y un estrecho abrazo.

—Vengo á vestirte.

—Aquí está ya la ropa; la modista la ha traído desde temprano.

Dos jóvenes camaristas se pusieron en tren y arreglaron los trajes.

—Ahora, dijo Carolina, comencemos por la pintura.

—Tengo un capricho que quiero conservar siempre en el teatro, y es el de no pintarme.

—Es que no lo necesitas.

—Saldré como soy.

—Sobran los afeites cuando hay tanta hermosura, dijo Stella.

—Burlona, contestó Adela.

Oíase ya el rumor de la concurrencia.

Entraba en ˚bandadas el público y la orquesta comenzaba á templar sus instrumentos.

—Maestro, venga usted acá, dijo el empresario llamándolo al escenario.

Elisa estaba vestída, su belleza había subido á una grande altura; estaba encantadora.

Las actrices y actores la rodeaban, augurándole un suceso feliz.

Entraron al cuarto el empresarío y el maestro.

—Aquí está el director de la orquesta, por si tiene usted algo que indicarle.

—Nada, caballero.

—Yo la cuido á usted, *prima dona*, dijo el maestro, no pierda usted de vista la batuta, allí está todo; mucho cuidado en las entradas, sostenga usted sus notas cuanto quiera, que yo llevo la orquesta.

—Maestro, estoy temblando.

—Valor, hija mía, valor.

—Casi estoy arrepentida.

—No vea usted al público, no se fije usted porque vacila; haga usted cuenta de que está sola y nada más.

El maestro le tendió la mano á Adela; estaba pálida y trémula.

El novio de Adela estaba en los laterales hablando de sus caballos, sin sospechar que tras el lienzo del telón estaba su novia y que iba á darle el gran susto.

El teatro estaba literalmenté lleno.

Las grandes señoras acostumbran llegar á mediados del espetáculo, para llamar la atención sobre sus trajes y alhajas, y se marchan antes de que concluya la función.

Esa noche, todos habían asistido desde temprano.

Elisa estaba con el conde y su familia en el intercolumnio.

El conde se mostraba orgulloso de presentar á Elisa como la dama más elegante del salón.

Ya nadie recordaba la esnena de Robertito, el pobre camarista, en último resultado, era un obstáculo que se había quitado felizmente de en medio.

El conde había pasado por todo, hasta por aceptar como suya á la criatura.

Se consideraba feliz con Elisa, y más feliz con la perspectiva de la dote y la herencia.

—¿Quién será esa dama, preguntaba Elisa, esa incógnita que nos prepara una sorpresa?

—No creas, hija mía, dijo el señor de Santelices, ha de ser alguna muchacha de medio pelo; si fuera de la aristocracia, ya se hubiera sabido en la Bolsa ó en el Club.

—Yo creo, dijo Cristina, que no pueden engañarnos, recibirían una silba.

—Está hermoso el teatro, dijo el conde; la crema de México se encuentra aquí reunida. ¿Quién es esa señora que viene recargada de alhajas?

—Sí, respondió Elisa, parece un aparador de la Perla esa vieja; no teniendo juventud ni belleza, busca algo que deslumbre; es la esposa de un prestamista.

—No digas prestamista con tanto

desprecio, hija mía; el prestamista es un hombre de grande importancia.

—Será, dijo Elisa, pero su esposa es más fea que un dragón, y ha tomado el asiento delantero.

—Como que trata de exhibirse, hija mía,

—¿Cómo había de faltar la señora de X con su poñito? vamos, que estas señoras han vuelto á la primera edad; es viuda y se quiere casar con su nieto.

El conde le dirigió los gemelos.

—Efectivamente, está coqueteando con ese desgraciado.

—Tendrá primero que enviarlo á la Preparatoria, dijo riendo Elisa.

—Es muy joven, murmuró el conde.

—Y aquellos recién casados que parecen dos pichones, ¡qué cosa tan fastidiosa!

—Miren ustedes, dijo Elisa, qué cosa tan particular, las alhajas que llevaba la señora B. las trae ahora la señora C.; ¡qué aderezos tan iguales!

—Son alquilados, dijo Cristina, los conozco; esta tarde las tenía la muñeca de la Esmeralda.

—¡Dios mío, y las ha mezclado con diamantes de California; es un horror esa señora!

—Mira á nuestras vecinas: esta mañana comulgaron; en la tarde al paseo, y ahora coqueteando de lo lindo con sus sietemesinos, que parecen pájaros del desagüe con esos fracs.

—Niña, dijo Cristina, la religión no se opone á las diversiones.

—Es verdad, mamá, se están divirtiendo con sus novios.

—Eres insufrible.

Resonó un aplauso en todo el teatro.

El maestro había ocupado su asiento y tomado la batuta.

Hirió una lámina de metal que estaba en el atril que sostenía la partitura, y comenzó la orquesta con uno de esos acordes que anuncian la música clásica de Meyerbeer.

III

Se levantó el telón.

La concurrencia se puso en espectativa.

Carolina no trabajaba esa noche, estaba entre bastidores, desde donde saludó al conde.

—Ha saludado á usted esa mujer, dijo Elisa.

—No ha de ser á mí, dijo el conde, no la conozco.

Elisa le dirigió los anteojos y Carolina resistió el ataque con entera calma.

—Me habré equivocado, dijo Elisa.

Cantaron la primera escena los coros y apareció el tenor, que fué saludado con un aplauso.

Adela tenía que cantar la primera aria entre bastidores.

Sonó el acorde, y se desprendió de su pecho el primer ritmo de la música.

Levantóse un rumor en todo el teatro al oír aquellas notas limpias y sonoras.

Ninguno se atrevía á interrumpir.

Recorrió aquella garganta en escala cromática, hasta las más altas notas de su diapasón, y después, con una flexibilidad y precisión admirables, descendió hasta la última, que sostuvo, oyéndose por cima del aplauso estruendoso de aquella concurrencia.

Se levantaron los hombres de sus asientos y á gritos pedían la presencia de la artista en la escena.

Adela resistía, pero las aclamaciones eran incesantes.

Entonces salió con arrogancia, se detuvo en la mitad del foro, como una artista experimentada, y avanzó pausadamente hasta las luces del procenio, donde saludó al público, enviándole un beso.

Cayó por largo rato una lluvia de flores, hasta inundar el escenario.

Las señoras saludaban con los pañuelos, y el entusiasmo era inmenso.

Los anteojos se fijaron en la joven

y se alzó un rumor de admiración ó de escándalo.

Efectivamente era la hija de un aristócrata la que se presentaba en la escena, y pasaba del gran mundo al mundo del arte.

—Pero esa mujer está loca, decían en los palcos. ¡Cómo habrá podido consentir su padre en semejante aberración!

—¡Eso de pasar de señorita á cómica, es un absurdo! exclamaban las grandes viejas, que hubieran dado cuanto tenían sólo por aquella noche de gloria.

Elisa dijo al conde:

—Haga usted favor de llevar este ramo de flores á Adela y decirle que la felicito con el alma por sus triunfos; pero que no la perdono que haya estado tan reservada con su amiga.

—Señor conde, dijo Cristina, mi hija está también loca, ¿qué papel va usted á hacer al foro?

—¡Vaya, vaya! dijo Elisa, será la primera vez que el conde entra á un escenario.

—Pero no á llevar un ramo, que es la aprobación de una conducta que nosotras condenamos.

—Pues yo la apruebo; ¡no faltaba más, sino que esa voz tan hermosa se quedara para los salones ó para cantar cada año el *Stabat Mater.*

—No te conozco, Elisa.

—Ya la tal aristocracia me tiene fastidiada: esta gloria debía satisfacerla y no que desde luego se apodera del sarcasmo. ¡Cómica! ¡cómica! pues es muy honroso ganar el dinero por medio del arte.

El banquero frunció el ceño.

El conde no separaba la vista de Elisa.

—Se avergüenzan de que una joven conceptúe el suelo en que nació, por medio de sus dotes, y no se avergüenzan de traer alhajas y de usar carruajes, y tener fincas huzmeadas en las testamentarías, y en los concursos de los desgraciados.

—¡Pero es horrible! exclamó Cristina.

—¿Qué se gana con ser aristócrata?

·Hacer una sociedad aparte, aislarse de todo lo que vale, porque entre nosotros está el almácigo de las nulidades, á nuestros personajes no se les consulta sino para los grandes negocios, que ellos llaman combinaciones. Nada valemos, por eso en Europa la nobleza se asocia á los hombres del talento y del arte, y á su lado es como toma nombre; pero nosotros siempre los mismos, un círculo de inútiles, formando gremios religiosos, gente de sacristía, el histérico insoportable de las beatas; y la que rompe esa jaula de fierro y extiende las alas y vuela, sin comprometer su honra, se le apostrofa y se le hiere!

—¡Elisa! ¡Elisa! gritó Cristina.

—Ya esa aristocracia, continuó la joven, que tiene el jesuita al lado, ya no se usa, ya es muy vieja. La princesa de Gales es amiga de Adelina Patti; la Reina de España, suplica al orador del pueblo, Emilio Castelar, que no abandone las Cortes, cuando su voz derrocó á la monarquía; así se honra el talento, esta es la aristocracia que vale, no la vuestra que nunca hará una recepción de artistas, ni de sabios; pero va á divertirse gratis al Casino Español á bailar con los comerciantes de abarrotes, y al Casino Alemán con los vendedores de estuches y de tijeras; ¡vamos, está lucida la aristocracia! ¡Mi ramo, señor conde!

El conde sin contestar una palabra salió del palco y se dirigió al escenario.

IV

Como esta conversación había muchas en el teatro; todas eran discusiones, estando la mayoría á favor de ese arranque lírico de la encantadora hija de Fernández.

Llegaba al foro una multitud de gente de buen tono, que iba á presentar sus homenajes de admiración á la artista.

Ya tenía multitud de apasionados, pues toda aquella hermosura y encanto, que no habían descubierto en los salones, se les revelaba de improviso sobre las tablas.

El gran tipo, el novio de Adela, quedó aturdido, le parecía un sueño.

Se recobró un momento y entró al foro como un rabioso; se hizo paso entre todos los elegantes, y llegó frente á Adela.

—Señora, dijo.

—Señorita, si á usted le parece, le interrumpió Adela.

—Pues bien, señorita, nuestras relaciones están rotas.

—Si ya lo estaban de antemano, contestó la artista.

—El hijo de los Pitillos, no se enlazará con una mujer de teatro.

No había concluido de decir estas palabras, cuando un comandante de Ingenieros le descargó sobre el rostro tan soberana bofetada, que el hijo de los Pitillos dió dos vueltas sobre su eje.

Se armó la grande, mientras tenía

lugar entre bastidores otro más grande cerca del *arranque*.

Entraba el conde con el ramo de
flores, cuando le salió al encuentro
Carolina.

—¿Me trae usted esas flores, señor
conde?

—Señorita, ahora soy mensajero;
me envían para que se las entregue á
la artista debutante.

—Pues mire usted, señor conde, lo
que son las cosas, me voy á quedar
con ese ramo.

—Permita usted, Carolina, pero me
es imposible, me comprometería usted.

—¿Y con quién? preguntó burlona
Carolina.

—Con mi familia.

—Pues tú y tu familia me tienen
sin cuidado.

—¡Carolina, por Dios! un escándalo! El día de mi casamiento fuiste á
la casa, lo que no podía creer; me lla-
maste á tu carruaje y allí tuvimos un
altercado erpantoso; hoy tratas de po-
nerme en ridículo.

—No hay que tomar tan á lo serio las cosas, dijo la Stella, y arrebató el ramo de las manos del conde.

—¡Carolina!

—Mira el caso que hago de estas flores, y en un momento las deshojó, arrojándolas al suelo.

—¡Esto es espantoso! dijo el conde.

—Y ahora no vas á felicitar á Adela, sino que entras á mi cuarto.

—Siempre la violencia.

—Siempre, gritó la Stella, y tomando por la solapa del frac al conde, lo empujó al camarín.

El conde tropezó con la alfombra y dió con su cuerpo en tierra.

Todos acudieron á ver lo que pasaba y el lance se comentó de mil maneras.

La cruz de Pío IX quedó bajo el confidente.

El conde salió del escenario, sin haber saludado á Adela.

—Llegó al palco y Elisa le preguntó:

—¿Dónde ha dejado usted la cruz, señor conde?

—Es verdad, no había reparado; como hay tanta gente en el foro, se me debe haber caído.

En esos momentos apareció junto al telón Carolina, desde donde las artistas ven al público, Elisa volvió la vista y vió á Stella que llevaba al pecho la cruz del conde.

Elisa no dijo una palabra.

El conde todo lo había observado.

V

En otro de los palcos estaba la familia Valero.

Las dos Rosas, vestidas iguales, causaban sensación en el teatro.

Las acompañaban Manuel el periodista y Gilberto.

El joven dandy había sufrido una completa transformación, merced á la amistad de Manuel.

Se había separado de la aristocracia renegando de ella, á lo que había cou.

tribuido el grande amor que profesaba á una de las niñas.

No le separaba la vista, la absorbía con el aliento, la amaba con pasión.

La joven, á su vez, estaba enamorada de Gilberto, con ese amor dulce y tranquilo de los dieciséis años.

Amaba por vez primera con el sentimiento delicado de la primera florescencia.

Aquellas dos almas volaban en un cielo azul.

Manuel y Gilberto habían estrechado sus relaciones, afirmadas con el amor de las hermanas.

Gilberto tenía que sostener un lucha desesperada con su familia.

Efectivamente, á los pocos palcos estaba la familia aristócrata de Gilberto.

Una señora escuálida, de nariz de gancho, ojos pequeños y cuello de ave, adornade con hilos de perlas.

Dos jóvenes pálidas, anémicas, de cuerpo angosto como de tísicas, malmodientas é histéricas.

No quitaban los anteojos de las Rosas; parecían del Observatorio, con los lentes sobre las estrellas.

Llamó la atención de la familia Valero aquella actitud impertinente.

Rosa, la novia de Gilberto, dirigió á su vez los anteojos en aquella dirección.

Entonces las dos niñas le hicieron una mueca y le volvieron las espaldas.

—¡Dios mío! dijo Rosa, tal vez he cometido una falta sin comprenderlo.

—Es una gracia, murmuró Gilberto; no sé qué se han creído mis hermanas, ni que las autoriza para semejantes faltas.

—No hagas aprecio, dijo Rosa, no volveré la vista otra vez, perdóname·

—Te amo, dijo Gilberto al oído de Rosa.

La niña se sonrió.

—Gilberto, decía el periodista, estamos de plácemes; la aristocracia está bufando de rabia, se les ha escapado una presa.

—Yo estoy contentísimo, dijo Gilberto, es un golpe de gracia. Y que tú no sabes lo que son esas gentes. Cuando el señor Fernández se entere, porque estoy seguro de que nada sabe, va á ser el gran escándalo.

—Ya tengo pensado el artículo de mañana.

—Que sea como tú acostumbras, Manuel, una tunda soberbia á los aristócratas; mañana te diré el resultado, aunque ya me tienen por sospechoso.

te han hecho esta noche, dijo Gilberto; no se las perdono.

—Olvida, dijo Rosa cubriéndose la boca con el abanico, te lo pido en nombre de nuestro cariño.

—Todo por él, respondió con entusiasmo Gilberto, ¡qué buena eres!

VI

Siguió la representeción del segundo acto.

Ya el público se había decidido, y

con aquella lógica siguió, el estruendo y el aplauso.

Al final del acto, llamaron por tres veces á escena á Adela, y la Stella, que no trabajaba esa noche, tuvo la galantería de presentarla.

Luego que apareció la actriz mimada del público, y bajo aquellos auspicios, fué saludada con vivas y aplausos estruendosos.

Carolina llevaba al pecho la condecoración del conde.

Elisa tomó por el frac á Mafiori, y le dijo:

—Vea usted su cruz, señor, ya apareció allí, sobre aquel lodazal.

El conde no respondió; pero estaba pálido y tembloroso.

El señor y la señora de Santelices no habían reparado en nada.

VII

Pasó el entreacto y comenzó el último acto.

Le tocaba salir á Adela, cuando se

oyeron voces de altercado en la escena.

Paró la orquesta.

Un amigo del padre de Adela le había dado parte de lo que pasaba. Lleno de ira corrió Fernández al teatro,
penetró al foro y se encaró con su hija, deteniéndola al salir á escena.

Adela se puso á temblar; no esperaba encontrarse frente á frente con su
padre.

—¡Miserable! gritó el aristócrata,
¡estás desohonrando á tu familia!

En el público había un alboroto
grande.

—Señor, dijo Adela, he tomado esta
resolución y es irrevocable.

—Pues yo, en nombre de mi autoridad te lo prohíbo.

—¡Soy mayor de edad! replicó la
joven con entereza.

—¡Pero eres mi hija! gritó su padre.

Acudió el juez de teatro y multitud
de personas del público.

Ya la concurrencia estaba al tanto
de lo que pasaba, y esperaba con ansiedad el final de aquel drama.

—Señor, dijo el padre de Adela, usted, como autoridad, debe ponerse de mi parte; mi hija ha abandonado el hogar y venido al bochorno del teatro.

—No tiene usted el derecho de insultarnos, dijo la Stella.

—No hablo con usted, señora.

—Pero habla usted de nosotras. Ustedes tienen su teatro, donde pasa lo mismo que aquí, con la diferencia que allí no es mentira, sino verdad.

—El padre de Adela hizo un gesto de impaciencia.

—Señor Fernández, dijo el juez, la señorita está comprometida con el público, que ha pagado su entrada y reclama el cumplimiento.

—Yo indemnizaré á todos, soy rico.

—Es que el público no pide dinero, exige que se cante la ópera.

—Es decir, señor juez, que la autoridad solapa estas infamias?

—Está usted exaltado; pero le suplico modere sus palabras.

—Estoy en mi derecho, me opongo á que se arrastre mi nombre por estas tablas.

—Ese nombre, dijo Adela, ya lo he dejado.

—Esto lo arreglará usted mañana, señor Fernández, por ahora continúa la representación de la ópera.

—Está bien; creía contar con la autoridad, pero bajo este sistema de liberalismo, todos los derechos están hollados; la pretendida igualdad todo lo osa. Hemos perdido en la lucha y estamos sometidos al yugo de esta democracia depravada.

—Es verdad, dijo el juez: es de lamentarse que ya el padre no tenga derecho de vida y muerte sobre el hijo; así estaría todo más bien arreglado.

Las artistas le dieron un aplauso al juez.

—Te dejo entregada á tu destino; has hecho bien en quitarte un nombre que no te pertenece.

—Señor Fernández, dijo el juez, terminemos; el público espera impaciente. Si á usted lo trajera aquí el cariño ó el amor, yo estaría con usted; pero lo trae el orgullo aristócrata, sin

comprender que la mujer que trabaja
se emancipa y no se deshonra. Yo no
puedo hacerme eco de esos sentimientos antiguos de las sociedades hipó-
critas y que ya no tienen razón de ser.
Retírese usted, y si tiene derechos que
alegar, ocurra á las autoridades; esta
noche yo mando y la señorita cumple
su compromiso.

El señor Fernández abandonó el teatro hecho una furia.

Tornó á aparecer Adela; el público
le hizo la última ovación.

VIII

Cuando cayó el telón, Elisa dijo al
conde:

—Quiero ir al foro á felicitar á Adela.

—Imposible, respondió el conde.

—Es que yo lo quiero.

—Reflexiona, hija mía, que no es costumbre.

—Aunque no sea; esta noche es excepcional.

—¿Que van á decir de tí?

—Nada, que he ido á felicitar á una amiga en su estreno; además, voy al lado de mi marido.

El conde estaba en ascuas.

Elisa se levantó, tomó su abrigo, y apoyándose en el brazo del conde, le dijo:

—¡Al foro!

—¿Y si yo me opusiera? exclamó Mafiori.

Elisa se sonrió y dijo:

—Iría sola.

—¿Y si yo no lo permitiera?

—Repita usted esas palabras; parece que he oído mal.

—Que si yo no lo permitiera....... creo que hablo claro.

—Tan claro, dijo Elisa, que voy á contestar. Si usted no lo permite, yo lo hago sin permiso de usted; y si usted usa de la violencia, provoco un escándalo y digo á mi hermano, que es todo un hombre, que se arregle con el señor conde, que ya no será mi marido: ¿me he explicado?

—Perfectameute; pero es necesario que reflexiones que en tu rango y á tu altura, no está bien que pises esos lugares.

—¡Mentira! en esos lugares también hay nobleza; la primadona ha salido con una cruz extranjera sobre el pecho, y era la misma del conde de Mafiori. Ya usted ve que bien puedo pasar al foro.

—Esa cruz se me ha desprendido y la habrá encontrado, y acaso para que la halle el dueño se la ha puesto al pecho esa señora.

—La excusa es buena; pero yo no la paso. Señor conde, iré al foro·

Como esta escena pasaba en el cuarto de tertulia del palco, el conde se arrodilló delante de su esposa y con voz suplicante la dijo:

—Elisa, no me arrojes al ridículo, soy nuevo en esta sociedad, nadie me conoce y dirán que yo soy el que te ha obligado á dar ese paso.

—Alce usted, señor conde, y abandonemos la farsa. Usted lo que teme es que yo tenga un encuentro con esa mujer, á quien usted conoce de antemano.

—Te juro que....

—No jure usted, caballero; estoy enterada de todo.

—Para darte una prueba de que no existe nada entre esa mujer y yo, te revelaré que tu hermano Alberto es quien tiene relaciones con ella.

—Esa no es razón; mujeres de ese género, las tienen con todo el mundo:

En aquellos momentos se oyeron grandes aplausos en el pórtico.

Era que Adela salía con Carolina Stella del teatro, donde las esperaba el público para hacerles una ovación de despedida.

La música fué tras de las artistas hasta el hotel, donde les dió una serenata.

El conde estaba salvado.

—Vamos, dijo Elisa, se ha librado usted por un milagro; quería pedir la cruz á esa mujer: hoy abro la cartera de mis apuntes.

Sin darle el brazo al conde, alzó la falda de su vestido y se metió en el carruaje, que partió veloz hacia la casa de Santelices.

El conde quedó en la calle, aturdido con aquella escena.

—¡Demonio! dijo, estoy divertido. Elisa me planta en medio del arroyo, su hermano se lleva á Carolina, y yo.. yo.... ¡no sé cómo entraré en la casa, entre la risa irónica de los lacayos!

Se quitó los guantes blancos, subió el cuello de la casaca para cubrirse el rostro y se escurrió por la acera como un perdido que va á trasnochar á la cantina.

FIN DE LA PRIMERA PAARTE
DE
"LAS OLAS ALTAS"

La Baja Marea

Esta novela, original de Don Juan A. Mateos, es continuación de "LAS OLAS ALTAS."

BUSQUESE el folletín de "EL MUNDO"